三民叢刊161

抒情時代

——「他們」及三個短篇

鄭寶娟著

三民書局印行

愁鄉之書

朱西甯

小鎮上三個高中女孩，三個應屆畢業和高五高六一淘消極拒絕聯考的男生，先後因緣際會，相識相知，極平凡但也算頗為豐富的生活紀實，卻也有不平凡而令人驚詫又痛惜的生死盛衰種種變故。一場青春爛漫，純純淨淨的聚散離合，不無滄桑歲月飛伏之慨。

小鎮風情鮮活活的盡在眼前，客運車站水果攤、昏庸顢頇又僚氣膩人的警察局長、書店裡書迷們相惜的邂逅和結交，總是萬千家戶的燈火炊煙，一二十年前素樸溫厚的俗世如今竟成引人入勝的深深眷念，哪年哪月才會再有那種日子，只怕是大江東去，永不回頭的了。

作者在架構上看似全無經營，然在描繪層面處處近乎工筆的下心刻畫，散文成色較重的這部小說，在入圍決選的七部中篇裡，彰顯出兩點與眾迴異的殊色：一是唯一不涉色慾性愛的「潔淨」之作；一是布局的不著斧鑿痕跡，是一接近自然美學的佳品。在我看來應居七部之首。

色慾性愛的小說幾成現前的一時流風，即大陸三位作者的中篇亦不例外，其甚者從頭到尾幾無冷場的都在做愛。小說取材本就從來無所忌、無所限，色慾性愛自也無何禁忌，惟在無限方面卻有相對的商酌餘地。色與愛可取之不盡，用心不竭；慾與性則其自身即就有限，取固任取，奈何難免有盡，不免重複。文學間喜反復而不喜重複，慾與性喫虧在此；再者，慾與性儘管主體感覺可達欲仙欲死，銷魂蝕骨之境，客觀陳現卻是一種猥褻醜瀆，因之須經高度的文學美飾，《西廂記》類似「露滴牡丹開」的詩化甚多，即其實例。六部中篇至少一半以上是只用文字直書而乏文學詩化的猥褻醜瀆，致使流於「春宮小說」。如此相形之下，《他們》也就分外乾乾淨淨的清新純情，突出其為舉世皆濁我獨清的珍貴和高尚。

評鑑這部作品，往往認為病在信筆所之，一無剪裁，來得蕪漫失序。我則不以為然；首先，蕪漫自有其不用耙梳的自然之美。剪裁在技巧上既然一言難盡，即無準則可言，勉強說來只有個宜與不宜。如此則分寸更難拿捏。都市公園裡冬青、七里香等樹籬修剪如磚砌的矮垣，理髮師傅修剪、搽油、吹風、打理出來沒一根跳絲兒、一星屑皮的髮式，也是一種人工之美；不過也會有更多的人喜愛田野山林參差嵯峨的自然之美，這種各有所好的相對挑選，基本上便不存、不成其為準則，尤不宜持此一端月旦其彼一端。面此兩端我或寧取自然之美，不只是主觀挑選，且也並不拒斥人工之美，還要看特定的境遇罷。譬如公園與野地，前者若放任花木縱情繁衍，容有荒蕪失修之憾；短篇小說宜乎精練，不須多線發展，多面陳現，枝枝葉葉能捨則捨。此是中篇，不在字數篇幅之多於短篇，少於長篇這種數量而機械的劃界區分；如單胞藻擺水果攤晝夜輪換的雙親、耀華貪色貪財的校長老爹、碧良的局長爸爸身穿衛生褂褲午睡種種，短篇小說便無餘暇多所著墨，勢須如公園園丁忍痛將之修刪剪除；中篇則否，中篇雖非巨木如長篇，枝葉繁茂也才成得格局。

然而龐蕪不等於漫無章法，洋洋六萬餘言，是株挺拔的喬木，絕非叢叢散漫的灌木。其主幹分明，首尾壹以「書」來貫之：因書結緣，因書成長，省下飯錢買書，有得書借不必單靠一個饅頭果腹，偷書的雅賊日積月累築起書城，被誤為偷書的不白之冤致令自裁……這書且是看的書（師長家長所謂的閒書，無用之用方為大用的書），而非讀的書（教科書），更有一種深意；一二十年前莘莘學子的好書而視之如命，對照今之所謂「新新人類」心目中無書，不禁令人感慨而悲出一種書的鄉愁；這部中篇小說〈他們〉直可題名為「書」、「書緣」或「書之鄉愁」。無須百年，到得二十一世紀，若尚有誰無意間看得這部小說，共鳴恐怕很難，倒是八成起疑，不信「書的文明」曾是那麼閃爍奪目？會是那樣生死與之？不可思議。

本文作者為第九屆中央日報文學獎評審

鄭寶娟和她的《抒情時代》

劉靜娟

1.

鄭寶娟把她的這本小說集定名為《抒情時代》，讓人直覺地想到少年情懷，以及清純素樸的舊時歲月。而讀完全書，也想嘆一聲：「那美好的已逝的歲月。」其中當然也有「不美好」的，但一個少年的成長彷如小蟲破繭、小植物破土，有浪漫有歡喜，卻也必須歷經掙扎的過程。何況往事藉由回憶重現，連傷感都多一分美麗。

〈守燈塔的男孩〉、〈徬徨〉如此，得《中央日報》文學獎評審獎的六萬字中篇〈他們〉，更是一段生活豐實動人的純真年代。

耀華、碧良、惠惠三個高中女生和男同學「單胞藻」、一個準備第三度參加聯考的高六生卡夫卡，和要違抗父命由商學院轉到文學院的「大學生」，組成了「他們」。

他們會成為好朋友，因為喜歡文學。三個女生蹺課時就逃往單胞藻家頂樓的違章建築；不管單胞藻在不在，都可以在他那個有幾面書牆的小閣樓裡耗上幾個小時。她們在那自由的空間享受書、單胞藻水果販父母提供的各式時鮮水果，以及年輕單純的歲月。小鎮的書局是他們另一個常碰頭的地方，很多故事也由此「發源」。怕考不上大學卻又無法用功讀書的孩子們因為愛書愛詩，雖然渾渾沌沌過日子，卻也扎扎實實地在經驗在成長，包括一些生活的挫折，青澀的愛與嫉妒，以及面對朋友犯錯時的驚愕與心情轉折……，是一段有著「文學的玄想，哲學的思辯，愛與被愛，了解與被了解」的青春歲月。這些故事發生在十多年前一個小鎮裡，鄭寶娟用優美的散文筆調來描寫小鎮風景，讓故事多一分淡淡的哀愁。

有一次卡夫卡陪耀華走七八公里路回村子的家，「兩人走出鎮上鬧市後，視野一下子開闊了，天空籠罩著大地，像個半球體的玻璃罩子，稻田是那樣整齊，就像有個全能的主預先量好每一根綠莖的高度似的，使它們表面看起來一平如鏡，起風的時候，則像被打皺的池面，波紋一圈一圈往外擴散。」卡夫卡問她為什麼那麼愛走路，她說不為什麼，卻開始為走路這件事找定義，「為什麼喜歡在大太陽下走著，追著地上自己的影子前進？為什麼每邁出一個步子，心中總是滿溢著莫名的期待？這既是在逃避也是在追尋，因為大自然容得自己隨意進出、隨意詮釋，也唯有廣闊的天地才承得住一顆年輕的心對人生訥訥不能表述的期待。」明朗開闊的天地，越發襯托出他們的迷茫，或者人不可知的未來。

故事結尾前，六個人走了四小時的山路到卡夫卡的老家、過了三天三夜的野居生活那一段的描寫，則已在昭告著一段青春歲月的一去不返、聚散離合的人生常態。素樸的背景、青春爛漫的少女少男，日子過得再平淡、理所當然，也不免要發生一些小小的震撼。雖然他們逃避世俗要求，躲在自己的世界裡，人生有些事卻是無法逃避的。說那些震撼「小」，因為發生得很自然；人物個性以及心理的刻劃，鄭寶娟常在細微處表現，讀到後來會回想到先前已透露的訊息。

比如單胞藻的常年穿著的軍綠色大夾克，比如他很特別的愛書癖：他常拿一塊潔白如新的抹布拭擦他的藏書，再用衛生紙吸掉那點濕氣，像在為孩子洗臉。……「那一連串的機械化的動作，好像給了他的精神一種奇異的安定作用，甚至暫時治好了他神經質的多話。」後來發生的有關書的事件，越發突顯了所有他怪異的舉止。

原名柯武克的卡夫卡因為先天性心臟病，免服兵役；由得他大學一考再考，卻遁在詩與小說的世界裡。這個希伯萊語的名字，意思是「穴鳥」，「像一隻飽受驚嚇的小動物，自掘一條蜿蜒的甬道，以遁避世俗的傷害。」這個名字貼切地對照了他短暫的一生。善良、脆弱、拿自己沒辦法，最後還被冤枉。

對於上一代，〈他們〉也有很精彩的描繪。耀華的父親有一段不光彩的情事，後來又不名譽地由校長位子退下來。但這些耀華的朋友都看不到，卻驚訝窮鄉僻壤竟然有這麼一個衣冠景然，一雙眼睛飽含笑意的「風流俊俏的人物」。那生性風流的父親為了在晚輩面前顯示自己的年輕、不老化，言詞舉止都極力地賣弄；包括刻意播放古典音樂唱片，「把唱片封套遞給了單胞藻」，說自己什麼音樂都能欣賞，耀華有時放西洋流行歌曲，也跟著聽。「音樂無國籍，也不應該有年齡的界限呀。」在女兒的朋友面前「渾身解數地作戲」，等他們走後，卻勢利地評斷單胞藻，甚至說李碧良長得很甜很漂亮，和電視上一個歌星很像。在不屑父親品德的耀華眼中，那意味著李碧良在父親眼中，異性的成分多過於後生小輩，而且是吸引他的異性。

單胞藻市井小民賣水果的父母和碧良的官僚氣十足的警察局長父親也都是很生動的人物。由於自己父親的影響，耀華雖然大體上喜歡單胞藻的父親的快活樂天，卻也陰悒地想，「碰上生活裡的風浪，也就會乖戾起來，要不就尋找酒精的安慰，一步步把自己變成一具行屍走肉，要不就成了個在骯髒的窩裡虐待懦弱的妻子和膽小的孩子來發洩鬱憤的人。」看似一個愛蹺課愛文藝的單純少女，其實耀華從現實生活的觀察和小說裡的世情所得的調教，已用複雜而有些悲觀的眼睛來看世相。

2.

有人天生是作家，鄭寶娟便是。

認識她是有一年參加一個文藝團到金門訪問。那時她是一名記者，談吐特別，問的問題也特別，很引起大家的注意。夜晚四五個人無事在星空下聊閒天時，她以清脆的帶點童腔的聲音，講了幾個小笑話。大半人不夠靈光，聽了笑話不知從何處笑起，她便掃興地說：「解釋扼殺笑話。」讓我訝異的是，後來在聯誼會中有人要她上場表演，她卻抵死不從，一副誰逼她她就與誰有仇的模樣。

那時我對她的作品尚無印象，只是好奇這麼一個在我看來很特殊的女孩，觀察著她，也喜歡著她。我說她不像是一個怕面對眾人表演的人，她說她是的，甚至在做訪問時，一向習慣微笑著傾聽。好在她跑的是藝文，主要訪問藝術家；她善於傾聽，善於捕捉藝術家的內涵、談話重點，又有藝術素養和一枝靈巧無比的快筆，寫出來的稿子報社和受訪者都滿意，所以沒有人把她不開口多說話多問視為缺點。也許她有一種魅力吧，那樣專注的眼睛和微笑，使人願意傾吐心聲。

不過與我少數的聚會，則多半她說我聽。一開始我就用「驚艷」的眼光看著她聽著她；

我一向喜歡純真率性有才華的人。她的談話頗多機鋒，常讓我回味半天。有些話似乎傻氣，但你感覺到聰明人天馬行空的思想。

初識她時，她就扎扎實實是個「小說人」，或者說本身就是一本精彩的小說。除了記者工作外，照她的形容，她是個「門牌掛在腳上」的波希米亞人；隨興出去旅遊，就地找個小客棧住下。有主編約稿時，很快可以交出一篇萬把字的小說。

她辭掉工作到法國學法語時，也只是旅行遊蹤的延伸，沒想到卻完全改變了她的人生。她結了婚，當家庭主婦，把烹飪、育兒都做得很有學問，很有成果。但她仍沉浸在她最愛的西洋文學裡，在其中，也在西方世界裡吸收文學的與生活的養分，所以寫出一本又一本好書，包括散文、論說文和小說。它們都是出版家和文評家不會忽視的。

讀小說本來不必研究其中人物是否與作者有關，不過〈他們〉文中不少愛書的描繪卻顯然是她個人的投射，她形容耀華「每回出門，最後總是一頭鑽入不管哪家書店的一排排書牆之間，有如置身於人類文明的碑林，於是那個擾擾攘攘的俗世便隱身遁形而去。」高六生卡夫卡無奈地說起讀不下教科書，知道自己還是會落榜時，耀華也想到自己考不上大學怎麼辦？去當個店員，沒有顧客上門時，可以躲在櫃臺後面讀一段卡波提的《冷血》？去當車掌，在站與站之間讀幾頁史坦貝克的《令人不滿的冬天》？去山上或海邊當代課教員，上說話課時，為小學童們誦讀一段《格列佛遊記》？這大約是她自己有過的十七歲文學少女的浪漫想法吧？

〈他們〉對照今日中學生的生活，想當然大為不同。不知今日可有如此愛書而又因書結夥的朋友？當然時空變遷，不可強求。〈他們〉不僅充滿書香，也充滿小鎮素樸的風土人情，為那似乎已很遙遠的臺灣做了一個讓人日後可以回味的動人的記錄。

哈囉，單胞藻

黃國俊

寶娟的中篇小說〈他們〉的前半部，是在《中央日報》海外版的副刊上逐日讀的，讀了十來天，等不及每日千字左右的小塊情節，一通電話打到法國，讓她把餘稿寄到英國來，偷「公幹」時間在辦公室一口氣讀完它。只覺通篇小說蕩漾著碧水風荷般的氣韻，一路讀來便有薄醉微醺之感，彷彿一下子到了遠方。

小說的情節倒不曲折。一群面臨升大學壓力的高中生，偷空嘯聚、讀小說、享受農莊裡「化外」的生活之樂，消極抵制把人當鴨子填的教育體制和未來充滿競奪的成人世界的巨大暗影。他們逃學逃家營半公社般的生活，談論詩與小說、挖心思講俏皮話口角春風，又像讀小說那樣讀友伴的心理。一起散步一起旅行，到朋友家玩，在心裡批判非議朋友的父母。綽號叫單胞藻的那個孩子，有偷竊癖，習慣性地在一家書店偷書，專偷朋友們想看的書，好把朋友引到自己家的閣樓來，讓自己成為小團伙的中心人物，「差不多把整個書店都偷回家了」。

結果是綽號叫卡夫卡的那個孩子陰差陽錯被書店老闆當偷書賊扭送警局去。兩個一開始便知道事情底蘊的女孩子於是去逼單胞藻拿出錢來，替卡夫卡消除那場災厄，可事情還沒眉目，卡夫卡便吞下一瓶治心臟病的特效藥自殺了。

卡夫卡之死，作者沒有太分析背後的原因，作者只是暗示我們，他畏懼太過功利的現實人生，他的死，是一種自覺的沉思的結果，企望於剎那間達到與詩性的等一。作為一個好奇又多話的讀者，我忍不住要在這兒提出我的解釋：

卡夫卡書唸不好，小說開始時他就是個「高六生」了，有先天性心臟病，經年性地吃藥，而且連跟自己的朋友也存在著溝通障礙，所以老從小說中讀到失敗人生的範例。綺年玉貌的李碧良愛上了他，這個秉性善良忠厚的孩子，並不因此就以為自己是可愛的，相反的，「文不像眷錄生，武不像救火兵」的他，進一步發現自己承受不起這份愛情裡所包含的世俗的期待。他的自殺，可以羅列出一張很長的清單，被當成偷書賊扭送警局的恥辱，只是一根導火線，就像物理學解釋的「極限」的概念，往牛身上堆稻草，堆呀堆呀，總有一根稻草堆上去，牛就會倒下來，不是哪根稻草壓垮了牛，而是每一根稻草都促成了極限情況。

作者更關心生者對死亡的反應，故事就從十幾年後三個朋友重逢時談及卡夫卡之死倒寫回去，這時他們都已青壯年紀，經受了不少人生的八方風雨，可也沒有真正被生活馴化，一顆詩心仍然會隨時萌發。李碧良不情願替滿腦子生意腦筋的丈夫張羅好酒好菜巴結他那些生意場上的朋友，鬧離家出走，要去找從前的朋友張耀華，出門巧遇在自家門口擺攤子的單胞藻，三言兩語便誘動他開小發財車陪她從臺北穿越整個臺灣島去屏東。碧良找到耀華，最急切的話題便是卡夫卡之死，可以說他們幾個人往後的人生，就建立在與卡夫卡往遊並見證卡夫卡之死的那段回憶上。

死亡是個最誘人的話題，它留下來的空白是那麼巨大，每一個還活著的人都可以在上頭塗幾筆，所以死者的墳塋，就是生者說話的客室。死又很容易被詩化，因為它是個永恆之謎，於是卡夫卡的朋友們，便一次次排起送葬的行列，肩起棺木，向那個巨大的謎面徐徐歌行。

小說中三男三女六個角色中，作者對單胞藻這個人物著墨最多，可見她私心偏愛他。單胞藻生就一張倒三角臉，害厭食症，蒼白瘦弱，滿臉青春痘留下來的暗疤，而且神經質地多嘴，是街頭水果販的獨根苗。他書也唸不好，經常有意幹些怪事講些怪話來招人注意，因為在課堂上開黃腔戲弄女老師被學校開除，父母發動很多位地方民意代表才保住了他的學籍。他憎惡虛偽，有勇氣當面揭穿大人的假面具，可自己卻有小偷小摸的癖病，好像不隨時偷點什麼東西便手癢難忍，他偷父母水果攤上的流動資金來幫朋友紓困，也跟朋友一起吃喝玩樂，陪三個女孩子去逛媽祖廟，就偷神案上的水果給她們吃，說什麼「吃了神賜的美容聖品，以後便不會再妨礙本鎮的鎮容」，邏輯基礎是「偷的人沒吃，吃的人沒偷，兩者都無罪」，他的偷書，也是為了朋友，似乎也援用了以上的道理，所以能心安理得地偷上幾百本。朋友中張耀華最了解他，所以也最包容他最喜歡他，覺得在一夥朋友當中，他最熱情、血氣最足，雖然他容貌上心智上品行上缺點那麼多，經不起旁人細細推敲，可是他的愛是滾燙的，發出了金屬般的光。

寶娟過去的小說，以色調華艷見稱，似乎玩文字與技巧於掌指之間，可〈他們〉這個中篇，小說創作上的種種技巧與機巧卻被一步邁過，直抵於詩境。越洋電話中與她談這話題，她鄭重提到，小說創作是心靈的回憶，不是形式摹擬，更不是修辭練習，雖然審美的意趣仍然被她列在最前頭。她說某些後現代主義的作品，「讀起來像在看火星土壤成份的分析報告，完全一派玄奧的不知所云」，認為那類「聰明絕頂」的作品是作家心力低下的證明，唯有擺脫學院的糾纏，才能在澄清的視界與心境上舒展自己的感受與想像力。把這番話驗證在〈他們〉這部作品，果然言實相符。

我不是寶娟筆下的卡夫卡、單胞藻，或大學生，我認識寶娟是在她大學畢業之後，可我們之間的文學對話幾乎從沒中斷，她是我認識的朋友中，最「青春」的一個，我經常樂意花一大筆越洋電話費聽聽她談文學，因為過了三十歲以後，我生活中就幾乎再也沒有其他人保有這種靈動的詩心了。也感謝她這個同齡人寫出我們這一代人那個已失落的「抒情時代」——據她說這是套用米蘭・昆德拉的名言，說抒情時代就是青春——讓我這個被考試制度剝奪掉青春期的人，可以藉讀小說的移情作用，再年輕一回。

哈囉，單胞藻，哈囉，卡夫卡，你們好。

抒情時代——「他們」及三個短篇

目次

麗瓊

那時天色已接近全黑了，靠近山的稜線的太陽，像一團快要熄滅的火球，被山中混混沌沌的霧和蒸氣遮沒，只有樹梢高處顫抖著明亮的銀光，那是落日的餘暉。蜘蛛網上閃爍著虹彩，空氣中有一股植物腐壞時透出來的腥氣，在這無風的暮色中，濃得叫人透不過氣來。

姊弟倆一前一後走在無人的山徑中。這是陽明山後山公園最荒涼的一個角落，平時遊人難得爬上這一端來，因此山徑上積著一層又一層不同年月飄落下來的枯葉，在他們腳下沙沙作響，樹木之間的昏光裡隱藏著陰影，彷彿宇宙太初時的混沌景象。當兩人走過一片被廢棄的果園時，有一隻不知名的鳥兒用微弱的嗓音不起勁地叫了一聲，由那已被歲月鏽蝕了的聲音聽起來，那鳥兒似乎與牠所棲身的這座山一樣老了。

「姊，」理著高中生小平頭的何康年低低地喚了聲走在他前方的姊姊何麗瓊一聲，「天都黑了，我得回家了，我怕爸爸媽媽又要到處打電話找人，那一回——」

做姊姊的回頭望了他一眼，對他打了個要他噤聲的手勢，壓著聲音對他說：「再等一下，你沒聽到我們後面有腳步聲跟上來了嗎？那是個該死的壞蛋，不能放過他。」

「姊——」何康年欲言又止，他暗地裡認為他姊姊的判斷太草率、欠斟酌，但卻提不出反駁的理由來，再說他一向喜歡這個唯一的姊姊，從來沒有想到要去違逆她。他停在原地傾聽，果然聽到一陣腳步聲，預料來人是個壯年男子，他心中突然湧起一股難以名狀的悲哀，頭跟著垂到胸前。一個男人，那可能同時意味著一個丈夫、一個父親。

「事情就這麼決定了，」麗瓊伸過一隻手來，用冰冷的手掌在他臉頰上輕輕拍了拍，「待會兒跟他打過照面後，我就到果園裡的工寮等著，你讓他到裡面來找我，你記得該說些什麼話嗎？」

康年頹然地點點頭，望著他姊姊出奇美麗的臉龐，心中的絕望又加深一層，他知道很少有男人在跟他姊姊打過照面之後，不被她的絕色所誘惑而陷入她的掌握的，他只能暗中祈禱即將趕上他們的這一個，心術夠正意志也夠堅強，能幫他自己闖過這一關。

那人逐漸向他們站定的地方走過來了，何康年不由自主地再看一眼他姊姊，這時她正用兩手理著她那一頭黑色瀑布般的長髮，捧出一張圓中帶尖的笑意盈盈的臉蛋來，這是她每一次對一個男人採取行動之前的暖身動作——一個獵人在裝置誘餌或陷阱的動作。

「嗨，」麗瓊在那人走過他們身邊時，突然追出這麼一句，那人被她的那聲招呼絆住了腳步，回頭轉身面向他們。他深深地打量了麗瓊幾眼，隨後又看看站在一旁的康年：「什麼事？」

「沒有什麼特別的事，」當康年開口說話時，麗瓊便輕輕移步，向那座被廢棄的果園微啟著的木柵門走去。康年望著他姊姊窈窕的背影，瘠著聲音對眼前那個正值青壯年歲的陌生男子說：「你剛剛不是仔細地瞧過她了嗎？那個女孩子有個毛病，老人家說是什麼犯桃花，反正就是這麼一回事。她要男人，沒男人她日子簡直沒法過。還真虧她長得乾乾淨淨漂漂亮亮的，否則想白叫人要，可能還沒男人肯要呢。」

那男人狐疑地望著何康年，似乎因為一時之間無法對他所說的做出明確的判斷而感到懊惱，「你是她什麼人？你怎麼知道那麼多？」

「我不是她的什麼人，我也是在這裡碰到她的，她要過我，」康年輕輕拍撫自己的胸脯，好像在給自己壓驚，這全套的說詞與動作他重複演練過幾遍之後早已熟極而流利了，「哎呀，她太猛啦，我真是吃不消吔，老人家都說做這等事做過了頭對年輕人不好，會弄虛身子，連頭腦都會退化——」

那人沒讓康年往下囉嗦，他打斷康年的話頭：「那她人現在到那裡去了？」

「她到那片果園裡面去了，裡頭有個工寮，她倒是把那個小窩清理得清清爽爽的，枕頭、毛氈都齊，這女人想得還真周到，連那玩意兒也都準備了」，康年對那人睞睞眼睛，露出一副男性同謀的曖昧表情來。

「什麼玩意兒？」那人又問，口氣有些不耐煩了。

「保險套呀！」康年想當然耳地答，彷彿覺得對方很沒常識似的，「這年頭沒那玩意兒誰敢亂來？」

那人不再往下追問了，只是往廢棄的果園那頭瞧了瞧，以近乎自言自語的聲調說了幾句：「真是一樣米養百樣人啊，還有女人這樣找男人的，說真的，還真虧她長得人模人樣的，否則老子連看她一眼也懶得。」

上勾了，上勾了，康年在心裡重重地歎了一口氣，色字頭上一把刀，這個自古以來的明訓可沒教乖多少人。罷了罷了，人各有命，總是先種下一個惡因才會收穫一個惡果，這點命數旁人永遠改變不了。

當康年再度抬起頭來，及時望見那個陌生的男人正隱身於廢棄的果園那道木柵門後面。這時他忽然聽見前方「啞」的一聲大叫，不由得竦然地舉首，只見一隻烏鴉張開兩翅，從果園某處一挫身，直向著遠處已燒成灰燼的天空飛去。

康年在路旁尋塊石頭坐下來，他知道他姊姊麗瓊不會讓他等太久的——麗瓊只要尋找到適當的目標，行動起來便十分颯爽俐落。他雙掌支著下巴，望著幾乎已經完全暗下來的天空，為了打發時間，他開始數起天際疏疏落落的星星，但是他還沒數到兩位數時，就聽到從果園深處傳來一聲大塊物體落水的聲音，他知道事情已經完結了，於是便站起身來，向果園的木柵門走去。

他在那兒與他姊姊麗瓊碰頭。「成了，」麗瓊見到他時，輕淡地向他交代了這麼一句，「妳確定他不會游泳？」他問他姊姊，「會游泳也沒有用，落水之前他已經斷氣了。」麗瓊照樣輕淡地回答他的問題。

「好啦，那我回家啦，今天晚上爸爸媽媽請客人到家裡來吃飯，我無緣無故太晚回去他們要生氣的。」

麗瓊沒再開口，只是探過手來，愛憐地拍拍她弟弟的臉頰，然後帶著一個憂鬱的微笑對他點點頭。

康年一路快步往山下燈火輝煌的方向奔去，他算好時間，可以趕上下一班下山去的公車。但是他仍然忍不住一再回頭，朝被他扔在身後的那座廢棄的果園瞧，剛剛那個陌生的男人是第四個進了果園便沒再走出來的倒楣鬼，果園裡有一口大池塘，池塘的水面浮滿落葉，不管是陽光、月光，還是星光，都很難倒映其中，那是一個黝黑如地獄般的所在，那兒現在已經有了四條遊魂了。

他終於趕上了那班下山的公車。上車後，他把自己拋擲在最後一排座位。他覺得疲倦，那種要命的疲倦，很像一片海潮，一寸寸淹沒了他，他只能把頭抵住車窗玻璃，望著黑黝黝的山路往身後退去。

他在半山腰的一片住宅區下了公車，抄捷徑奔向他和他父母一家三口住的那棟新式的大樓。公寓大樓有八層樓高，他進入電梯，按了按五樓的按鈕。走出電梯間後，他筆直朝自己的家門走去，然後掏一串鑰匙，逕自把大門打開，輕手輕腳地走入屋子裡。

他父母和四位客人已在雙拼的客廳另一端的大餐桌團團坐定，晚餐已開始了。他匆匆掃了一眼餐桌，發現做為開胃菜的冷盤早已盤底朝天，家裡請來做飯的阿巴桑正準備上第二道了。

「康年？是你啊？」他媽媽聽到他弄出來的響動，轉身朝客廳喚了他兩聲，「快來跟張先生張太太、顧先生顧太太打個招呼。」

他馴服地走向餐廳。那張先生和張太太他見過幾次，是他爸爸做茶葉批銷生意的伙伴，至於那顧先生和顧太太呢，他平時聽他父母提起過，倒是第一次看到人。他十分有禮地分別跟來客問過好，然後才走向他母親，在他母親的座椅後面站定，微傾著身跟她說：「對不起媽媽，我回來得晚了，今天下午我和麗瓊到後山去玩，把時間都給忘了，那兒又找不到電話打回家。」

「好啦，沒關係，現在快去浴室梳洗一下，然後趕快來跟我們一起吃飯。」做母親的拍拍男孩子放在她椅背上的手，催促他快些動作。

康年聽從他母親的指示，逕自朝屋子後頭的浴室走去，耳中仍然聽得見飯廳那頭他父母與客人的談話。當他拉開浴室的門時，他聽到那位生客顧太太的聲音，注意到她正在談他，於是便站在浴室的門後豎起耳朵傾聽著。

「他就是康年啊？已經長得這麼高這麼壯啦？我大姊第二個男孩以前在國中時曾經是康年的同班同學，聽說康年國二時因為生了一場病，辦了一年的休學，」那顧太太知道的事情可不少，而且彷彿唯恐在座的人不知道她是個消息靈通人士似的，一逕喋喋不休地往下說：「現在他看起來氣色很好嘛，一點也看不出來曾經生過大病的樣子，而且又開始交女朋友了，剛剛他不是說和一個叫麗瓊的女孩到外頭去玩嗎？」

當顧太太說出「麗瓊」這個名字時，做女主人的臉色倏然一變，變得蒼白而且充滿戒備，那表情變化實在太大，使得在座所有的人都察覺到了，「沒有啊，他沒提到什麼女孩子的名字，他這年紀要談戀愛也嫌太早，再說學校功課逼得很緊，那分得了神。」女主人用發乾的嗓音自顧自往下說，為了不被旁人的問題打斷話頭，她略略換了一口氣後，又急急接著往下說：「這個男孩子是很讓我們放心的，學校功課一向都好，幾年前生的那場病讓他國中多延了一年，可是高中照常考上第一志願，行為一向也中規中矩的，從沒讓我跟他爸爸多操過心。」

座中一陣短暫的沈默，接著康年聽到那位張先生開了一個新的話題，談到一位座中三對夫婦都認得的羅先生最近做砸了的一筆投機生意，那位羅先生鉅金賄賂菲律賓的海軍部門，然後公然雇了船隻到菲律賓的內海打撈紅珊瑚，結果因為收賄的部門幾個大頭分贓不均，引起內訌，竟翻臉不認那筆賬，把那位羅先生滿載紅珊瑚的船隻扣押起來，來個人贓俱獲，弄得羅先生那筆投機生意非但血本無歸，還得到處調頭寸去保釋一船的工作人員云云。康年早就聽他父母談過這件事，他猜想張先生之所以在這個時候又說起這件已屬舊聞的事情來，是要把眾人的注意力從關於他和他姊姊麗瓊的話題引開，免得他父母感到痛苦與難堪，畢竟張先生與他父親已做了多年的朋友與生意伙伴，對他們家的底細知道得很清楚。

接著康年聽到張太太招呼顧太太的聲音：「妳到浴室來幫我看看我眼睛怎麼啦，我這新買的隱形眼鏡真磨人，經常刮得我淚水汪汪的，」他聽到兩位太太推開椅子離座，細碎的腳步慢慢朝浴室這頭逼近的聲音。他決定在她們到來之前讓出浴室，先躲入隔壁的儲藏室，免去與她們碰頭打招呼的尷尬場面。

兩個女人一前一後進入浴室，其中一個輕輕把浴室的門拉嚴。與她們僅僅一牆之隔的康年聽到那位張太太先開的口：「我說妳這個人真是的，哪壺不開妳專提哪壺。」

「怎麼？我說錯什麼話了？」

「自己說錯話還不知道，」張太太壓低了的聲音中有著明顯的責備意味，「剛剛妳提到那個男孩子以前生的那場病，還有他跟一個叫麗瓊的女孩子出去玩的事，妳難道不知道這些話在他們家都犯忌嗎？那個叫做麗瓊的女孩，是他們家的大女兒，十八歲那年就死了，是在後山公園一個果園裡被強姦後再用繩子勒死的。」

「啊，是這樣啊，」那位口無遮攔的顧太太大概是在掌自己的嘴，康年聽到一陣巴掌拍擊的響聲，「我想起來了，我好像聽說過這麼一回事，原來那個死掉的女孩子就叫做麗瓊。」顧太太頓了一頓，馬上又接著說：「可是剛剛那男孩明明提到他下午是跟麗瓊到後山去玩的嘛，妳不是也聽到了嗎？」

「我聽到了，沒錯，他是提到他跟麗瓊到後山去玩的事，這就是何太太剛剛顯得那樣緊張的原因，」張太太話頭在這兒斷了，康年為了免於漏掉隔牆那頭任何一句話，把身子拉得筆直，以便更靠近頭頂上方那個連通浴室與儲藏室的通氣孔，「那個男孩子的病大概還沒好，」

接下來的話，張太太幾乎是用耳語的聲量說出來的，康年雖然聽得吃力，到底還是聽見了，「這種事何太太自然不願意外人知道，所以我們聽到了也就要當做沒聽到，不要再到外頭去傳。」

「那男孩到底得了什麼病呀？」顧太太問。

「也稱不上是病，鄉下人說是什麼鬼上身，就在他姊姊被強姦又被勒死的時候開始發作的。先是發了一場高燒，高燒退了之後，人也沒清楚過來，一天到晚把他姊姊麗瓊掛在嘴上，好像他姊姊人還活著一樣。也難怪，聽說這男孩自小和他姊姊感情就好，他姊姊碰上那種事，死得那樣慘，他在感情上承受不了，精神跟著就崩潰了。」

一九九三年五月六日《中華副刊》

他們

1.

在已過去的那個冬季裡某個響晴的日子，陳景文來到一個全然陌生的地頭，把他那輛七成新的小發財車在一溜公寓建築前停好，便開始了一日的營生。

他選了一塊被周圍樓群緊緊包圍住的空地，在正中央支起那支印有「可口可樂」字樣及圖案的特大號沙灘傘，隨後搬出一張鋼絲折疊床，在沙灘傘的濃陰下架好，再抖開一塊印有竹叢浮影的床單，往折疊床上舖開，最後才把裝得一航空旅行箱鼓鼓囊囊的文具倒出來，分門別類整理好，裡頭有膠水筆、修正液、剪刀、美工刀、圓規、印有九九乘法表的鉛筆盒，和會唱歌的生日卡片等等。

貨攤擺好後，他再從小發財車裡搬出一張能平躺的折疊椅，在頭頂套上帆布窄檐帽，在鼻樑上架起太陽眼鏡，從襯衫口袋裡掏出一包煙，整個人往折疊椅上一倒，開始抽起煙來。

十幾年前從軍隊退下來後，他便幹起了流動攤販的營生，這似乎是他天生的行業，不需要先累積太多資本，不必跟任何人搞好人際關係，沒有固定上班時間和地點，更重要的是，沒有頂頭上司與後臺老闆來把人吆喝得團團轉。雖然顧客有時也很囉嗦很惱人，但是他無所謂，他根本不搭理他們，他做生意師法姜太公釣魚，採取願者才上鉤的無為法門，東西都統一並標好了價格，「三件二十元」、「三件五十元」、「三件八十元」，一目了然，要買不買由你，最好連找零錢的麻煩事兒也替他給省了，才淨心。

他賣過的東西品目繁多，他自己記都記不清楚了，牛仔褲、羽絨衣、電蚊香、晾衣架、假首飾、瑞士刀、唸珠、泥人、卡通手錶……不久前賣的一種可以拆掉海綿鼓包的乳罩，非常受婦女界歡迎，可是他有些受不了形形色色的女人圍著他的攤子挑選時，臉上那種準備去偷漢子或被漢子偷的表情。他懶得去研究顧客心理，某樣貨品賣得好，就表示它被需要，他就繼續賣，直到人們再也不需要它為止。

但他最喜歡賣的還是文具與玩具，他喜歡孩子圍著他的攤子轉。四下無人時，他會對某個小毛頭這麼說：「來，喊一聲伯公祖，伯公祖就送你這隻一壓肚皮，舌頭就吐出一尺長的青蛙。」「過來過來，你給我背一首詩，我就給你這張會唱歌的生日卡片。」

啊，是的，他喜歡孩童，他自己有大半個也還是。他喜歡詩歌，那是他神祕的第二籍貫。

相同的夜漂泊著相同的樹，昔日的我們已不復存在。而我將像三月的春天對待櫻樹般對待妳。

這是聶魯達的《一般之歌》，小發財車駕駛座前的暗屜裡，就擺著那本詩集。

如今我確已不再愛她，但我曾經多麼愛她啊，我的聲音試著借風探觸她的聽覺。愛是這麼短，遺忘是這麼長。

喜歡詩歌，就只能到詩集裡去找，這個鋼筋水泥的叢林裡是沒有這種東西的。它忙著修、改、毀掉並重建自己，在把那灰的、朽的、臭的一截連皮帶肉割除的同時，它又有某一截在變成灰的、朽的、臭的了。它像一隻正值生長高潮期的桑蠶，加速地吞噬，加速地排泄，加速地活，加速地死，而速度裡頭是沒有詩歌的。

他終究沒有變成一個詩人，最近他已不再為這一點感到吃驚了，只是經常在捧讀某一本詩集，發現其中某些晶瑩透明純淨如一粒粒鑽石般的詩句，是他窮盡心力，在醒著在睡下，都苦苦尋索而不可得的，而它竟早已順理成章存在那兒時，會有一種既悲又喜的感覺，喜的是它們已經被寫出來了，悲的是，作者竟然不是他自己。

> 在我和世界之間／你是海灣／是帆／是纜繩忠實的兩端／你是噴泉／是風／是童年清脆的呼喊

他半閉著眼睛吞雲吐霧，食指在腮幫子上一頂，就有一個比銅板大一些的煙圈兒從嘴裡蹦出來，再一頂，又蹦出一個，在空氣中連成一串，慢慢擴散，化入太虛。

> 在我和世界之間／你是畫框／是窗口／是開滿野花的田園／你是呼吸／是床頭／是陪伴星星的夜晚

這詩寫得真是要命的好，他想唸給某個人聽，某個稱得上是朋友的人聽，或者把它端端整整抄在印有淺淡如影的海景的信箋上，寄給遠方一位久別的故人，讓他在展讀時，眼中噙著淚花，一顆心浴在童年和青春期的餘光中。

這麼好的詩寄給誰呢?他又點了一根煙。

寄給阿華或阿良或阿惠，她們一定會懂得，寄給大學生李雁哲也可以，他肯定也懂得。可是如今他們一個個嫁的嫁娶的娶，走的走老的老，大概不是忙著尿片奶瓶、拖把抹布，就是為年終考績與銀行存款簿煩惱，早已沒有了這等閒心了罷?再說這些朋友早就被他給丟失了，想要寄封信，都無處去問地址了。

且慢，還有一位永遠也丟不了的朋友，那是卡夫卡，卡夫卡自己本身就像一縷輕飄飄靜悄悄的詩魂，他當然懂得北島或南島。

這念頭讓他興奮得要命。他把煙叼在嘴角，空出兩隻手在身上那件佈滿口袋的獵裝上摸著，要找出筆與紙來。

「給卡夫卡」，把紙筆握在手上，為那封信開了頭之後，他改變了主意，他認為北島的那首「一切」比「一束」更適合詮釋他對卡夫卡這個朋友的愛。

一切都是命運／一切都是煙雲／一切都是沒有結局的開始／一切都是稍縱即逝的追尋／一切歡樂都沒有微笑／一切苦難都沒有淚痕

啊，這是一首為卡夫卡而寫的詩，他在心裡驚歎道，如果叫自己為卡夫卡寫一首詩，他想要自己寫的，就是這麼一首充滿結論卻什麼結論也沒有達致的詩，他又抽了一口煙，窄檐帽下那雙眼睛，深陷在帽檐和墨鏡的雙重陰影裡，變得深不可測。這是一首他該寫而竟沒有寫的詩。

一切往事都在夢中／一切希望都帶著注釋／一切信仰都帶著呻吟／一切爆發都有片刻的寧靜／一切死亡都有冗長的回聲

他把工工整整抄在紙頭上的詩仔細折好，起身從貨攤上那疊會唱歌的生日卡片中，選出一張有著克爾威爾彩印風景畫的，在把紙頭夾進卡片之前，凝視著卡片上暗紅偏灰的暮色，暮色中，一匹馬站在鐵道上，兩條映著暮色的鐵軌向遠方伸去，接近天際的盡頭轟嚨嚨開來一輛噴著白煙的火車，車頭正中一盞明亮的燈，與鐵軌的反光相呼應，灰紅色的天空正慘淡地燃燒著……

詩的情與畫的意，都充滿著象徵性，這真是特別的一天呀。他坐向折疊椅裡，從獵裝左胸的口袋掏出打火機來，點火把卡片連著夾在其中的那首詩燒了。望著接近正午的艷陽下那團瞬息即逝的火光，和它帶起的一縷縷青煙，他仍然咀嚼著那首已化為輕煙逸入大氣中的詩作。

> 一切希望都帶著注釋。一切信仰都帶著呻吟。一切爆發都有片刻的寧靜。一切死亡都有冗長的回聲。

2.

在同一時刻，距離陳景文的流動貨攤僅僅一百多公尺的地方，也就是他停放他那輛七成新的小發財車的那溜公寓建築，李碧良正在其中一戶房子裡穿梭忙碌著。

她先生中午請了些生意場上的朋友上家裡來吃飯，她起了個大早上菜場去提回一袋袋鮮蝦鮮魚，準備張羅一頓豐富的海鮮大餐。剛剛廚房裡連著兩個小時忙下來，兩條腿都痠了，便洗淨雙手，準備到客廳坐下來歇會兒。

碧良一踏出廚房，便看到她男人手中夾根煙，在電視機前的沙發椅上坐著，正跟朋友講電話。她在他對面坐下來，攤直雙腿，輕輕舒了一口氣，把像流蘇般七零八落掛得一頭一臉的碎髮抿了抿，但是一鬆手它們全又飄落下來，她只得解開腦後那只彩色大髮夾，把一頭黑瀑般的長髮從頭整理起。

一對上小學三年級的雙胞胎男孩給學校組織去爬山了，這個家難得如此安靜，假如沒有接下來那個飯局，這該是多麼平寧的一個星期日啊，正好可以在床上多賴一陣子，看看書。前兩天鬧市裡等公車，乘空鑽入一家書店，不意間發現了一本她的朋友張耀華譯的書《這裡的黎明靜悄悄》，由書名猜想那是一本小說，便買了下來，可回家後往長桌一扔，便把它給忘了，直到今天早晨為了宴客而清理客廳時，才拂去它面上的飛塵，把它送上書架。

她想著她朋友譯的那本小說，想帶著那本書把自己往床上一扔。她同時注意到她男人電話講得眉飛色舞，煙屁股上的灰不斷跌落到剛剛用吸塵器徹底吸過的地氈上。她坐不住了，趕忙起身到廚房的小儲藏間搬出吸塵器來，開了它，傾著身子把他腳下那塊地氈又吸了一遍。

吸塵器發出的轟鳴聲，有如作噩夢時，一隻不知名的巨型昆蟲發動攻擊前翅腹間的響動，嚴重干擾了男人的通話。他一手捂住話筒，橫眉豎目地對他妻子嚷：「妳為什麼在我打電話時吸地氈？」

「你為什麼在打電話時抽煙？」她回敬他一句，同時指著地氈上還沒清理掉的煙灰給他看，「就因為家裡有個免費的女佣，你就儘管糟蹋人——」

她繼續吸地氈，忙碌的身影牽動著他的視線。他那通電話實在講不下去了，草草收了尾，掛斷。

他壓住一腔子火沒敢發作，一會兒要登門的都是他那頭生意場上的朋友，現在他對她發了火，難保她不會罷工或怠工，就算她識大體，勉強把飯菜端上桌，但是一個一肚子不痛快的主婦，大概不會是個稱職的女主人，很難叫她對客人慈眉善目，曲意奉迎的。

他的怒氣就發作在夾在手指間的那根香煙上。他一口一口地吸煙，一口一口地吐著煙圈，那青色的煙霧不斷擴大，再擴大，像一片雲般罩在他妻子頭上。

碧良心中也有一團無名火。她收起了吸塵器的線，把它擺回小儲藏間裡。她覺得自己這些年來，簡直就是屋子裡那個她稱做丈夫的男人的牽線木偶，他怎麼擺弄她，她便怎麼舞動，以他的意志為意志，以他的喜惡為喜惡。

就說請客吃飯這回事吧，一向請的都是些稱不上是朋友的人，她一個也不認識，他自己也往往只跟人家見過一兩次面，只因為他認為有必要跟那些人social一下，就逼著她前一個晚上便挖空心思擬菜單，隔天一大早就得睜著惺忪睡眼趕早市，然後連著幾個小時在廚房忙得團團轉，等到客人到了後，還得飯廳、客廳、廚房三頭跑，大廚侍者和美麗體貼的女主人一身兼，前一分鐘還在廚房煙熏火燎，嗆得又是鼻水又是淚水，下一分鐘就得「出得廳堂」，容光煥發，笑意盈盈地招呼客人勤動筷子。

他原來可以把客人請到外頭餐廳去的，只為了要在外人面前炫耀他這一戶裝潢豪華的公寓房子，炫耀全套英國進口的餐具和桌飾，也為了在家裡吃更經濟，一餐就能省下幾千塊錢，他便不問她情不情願，幾乎每個週末都請來一批批生意場上的張三李四們，把她支使得團團轉。

這些年來她也都受了，因為也實在沒有不受的理由。

但是今天不太一樣，今天她煩躁不安，心情暗淡，她不想大動鍋鏟工程，去取悅一堆她先生想拉攏的生人，她只想靜靜一個人賴在床上，離地一尺，高出擾擾攘攘的塵俗，再往背後塞入兩個軟枕，擁被而坐，然後翻開那本《這裡的黎明靜悄悄》，用一行行的文字，把自己崎嶇不平的一顆心給熨平。

她迷迷瞪瞪走到那口分隔客廳與小餐室的大櫥櫃前面，找出早上她才塞入書堆中那本翻譯小說，然後在靠落地窗那張沙發椅裡坐下來。她先讀翻譯者寫的序言，一面讀一面解下腦後那只彩色大髮夾，讓一頭長髮在肩後披瀉下來。

「客人十二點要到，現在已經快十一點了，妳還在那裡看什麼書？妳幾年不看一本書，偏偏挑上今天有客人要來，才搶時間用功——」他口氣有明顯的慍意。

「是的，我幾年不看書了，今天非看不行！」

他因憤怒而漲紅了臉，用齒縫絲絲吸氣，覺得眼前這個共同生活了十年的女人，突然中魔了。

她抓著書，從客廳走向臥房，把自己反鎖在裡面。

她斜倚著床沿，彷彿看到她先生延入家門的那些張三李四們，一面大口大口往嘴裡填入她料理出來的好菜好飯，一面時事與生意經半摻半拌的說得非常生猛。她彷彿看到，酒足飯飽後，他們在客廳圍坐成一個半圓，面對那個卡拉ＯＫ的大屏幕，有如野營者面對一盆篝火一樣虔敬，在你推我讓一陣之後，一個個輪番像捧著個嬰屍那樣，捧著那個麥克風，對著它肝腸寸斷地鬼哭狼嗥，大屏幕卻出現一對對在草坡上追逐嬉鬧的情侶，女孩子穿印染布長裙，手中抓著一把五顏六色的汽球，隨著一行行打出來的象形字歌詞，逐個把它們釋放到碧藍的天空。

不，她不想跟這些人祝酒，不想跟他們一起唱卡拉ＯＫ，她甚至不想開口跟他們其中任何一個講一句話。

但是只要她人還在這個屋子裡，她就辦不到這一點，她的男人會把她砰的摔上的門又砰的推開，她永遠不屬於她自己。這個想法叫她整個人從床上翻身跳下來，站在臥房地板中央。

果然，她男人來播門了。

「妳現在跟我說一聲，中午這頓飯妳到底煮不煮？」

她對自己做了個鬼臉，心想，人要是一旦沒了想法，日子就容易過多了，婚後十年，她就因為對生活對自己全沒想法，才輕輕鬆鬆打發過去的，今天她突然想看一本翻譯小說，她那已過了十年的家常日子，就過不下去了。「不煮。」她截鐵斬釘地答。

「不煮，不煮，」門外那個男人反覆咀嚼著她的話，細細推敲裡頭的含義，一旦他弄明白了，他便失去了他的冷靜，「不煮？好，妳不煮？那可以，妳出去！」

「好，我出去！」她快活地答。

我出去，但是到哪裡去呢？她一面打點那口小旅行箱，一面思忖自己的出路。她可以回她父母那兒，先歇下來，然後出門找個差事幹。但是她能幹什麼呢？大學夜間部中文系唸了三年就停了，唯一有過的一次就業經驗是在一家搬家公司替人看門跟接電話，難道事隔十年之後，再上那個搬家公司去問原來那個職位現在是否又出空了？

她同時想到，下午五點多時，那對雙胞胎兒子就回家了，回家時找不到他們媽媽，肯定會起一陣驚慌，說不定還會哭鼻子哩。這念頭讓她鼻子酸酸的，想哭。

但是她沒有時間遲疑，一會兒客人就要登門了，她不能等客人在客廳裡坐定之後，再提著一口旅行箱，在他們面前表演離家出走的戲碼。她彷彿看到自己提著旅行箱，跳上一輛車子，晃晃悠悠地漫遊，從華華如蓋的行道樹和鱗次櫛比的商鋪前穿梭而過，車子的每一回起動，都帶來一陣微醺，感覺得到生命在自己腳下一分一秒地滑走，想抓住它，卻又力不從心。

當她提著旅行箱走出臥房，穿過客廳，向大門走去時，不由得張望了一眼廚房。只看見她的男人手上拿著一只湯勺，守著那只燒得很旺的爐火，爐火上坐著那只印著一角英國式庭院的彩色鍋，正吃吃冒著白氣。碧良隔著蒸騰的水汽望過去，那張被太陽曬成棕色的臉孔，帶著一種近乎銅像般的堅忍神氣，令她感到陌生。

發現他妻子當真拎起包袱要走路，他先是感到錯愕，隨後突然從齒縫間笑出來。直到碧良走出家門後，她腦中仍然留著他爆出冷笑時肩膀一抖一抖的樣子，倒像她是被他氣走的。

3.

碧良決定不回她爸爸媽媽那兒了，那也是個讓人感到窒息的地方。她媽媽是個一輩子受生活虧待的女人，一做事就要發火，總是一邊把手裡的東西摔得砰砰響一邊數落她父親給她聽，可要是她父親人也在屋子裡呢，她母親就噤若寒蟬了，大部份的脾氣便直接發在她身上，也不管她如今也是個客了，隨時可以拍拍屁股走人。

外頭太陽很大，她提著旅行箱走出公寓的騎樓時，感到一陣暈眩，心情一落千丈，彷彿她的軀殼從六樓那個家走出來了，一顆心卻仍然留在上面。可她這下子是非走不可了，在那個節骨眼上才跟她男人摔挑子不幹，她就得有必走的決心才成。

但是走到哪裡去呢？她連個朋友也沒有，這種無依無靠的感覺使她的步子輭下來。這時一輛計程車突然緩速開到她身邊，停下來，司機理所當然地打開了後座的門。

她對那個計程車司機搖頭，見對方還沒弄懂她的意思，她又猛搖手，他這才把車子從她身邊開走。

她感覺四周的公寓房子裡，有好多眼睛在看她，一顆心顫顫的，見不遠處有個公用電話亭，慌忙向它奔了去。

打電話給誰呢？站在公用電話亭裡，她又有耳目環伺之感。隨意翻弄著出門時抓在手上那本書，她腦中突然靈光一閃，想到可以從書裡找到出版公司的電話號碼，打電話到出版公司去，讓他們幫忙連繫連繫張耀華。

當然要找張耀華，她這下離家出走，可以說是由張耀華引起的。她撥出版公司的電話號碼時，因為興奮而有些喘不過氣來，不得不靠在電話間的玻璃牆上，緩緩呼吸。

電話接通了，轉到幾個人的手上，每回她都得耐著性子跟對方解釋她跟張耀華的關係和她為什麼非找到張耀華不可的理由，「我們不能隨便把作者的地址跟電話號碼給別人，假如您願意，把您的電話號碼給我們，我們替您打電話給她，再請她直接與您連絡。」

她跟對方解釋她人在外頭，沒辦法接到張耀華打給她的電話。對方頓了頓後，想出了個解決辦法：「我們現在打電話給她，問她能不能把她的電話號碼告訴您，您過二十分鐘後再打進來好嗎？」

那個二十分鐘比她想像的長一些。她一會兒看腕錶，一會兒看四周自家附近地頭的響動，打量進進出出的生人，猜測他們會不會是她男人生意場上的朋友，又想起她男人拿著勺子看住湯鍋的滑稽模樣，心中微微有些不忍。

多看兩眼後，那個在十幾步開外擺攤子賣文具的男人吸引住了她的目光。是的，他是比單胞藻壯實，也比單胞藻黝黑，而且是個男人，不是個男孩，但是在單胞藻身上注入十幾年歲月，和沒完沒了的人生的八方風雨，難道單胞藻就不該變成眼下那個斜叼著一根煙，躲在太陽眼鏡與帆布帽後面冷眼看眾生的中年男子嗎？

她提著旅行箱從公用電話亭走出來，一邊走一邊歪著頭打量那個躺在折疊椅裡的男人，在那人挺起身子，摘下太陽眼鏡回望她時，突然揚著嗓子嚷了起來：「單胞藻！真沒想到會是你！」

單朐藻幾乎是在第一眼就認出她來，只是不敢相信他的眼睛，他剛剛才在腦中瞥見的一個人，竟然就活生生的走到自己的眼皮子底下來了，彷彿是他白日夢的延伸。十幾年不見，她已由一個少女變成個婦人，說不上是老了，卻很疲倦的樣子，整個人從說話到動作的節拍都慢了下來，那頭長髮似乎也沒有往日那麼亮了。

重逢的場面既熱烈又黯淡，主要是因為她的心情並不穩妥的關係，她可不是天天鬧離家出走的女人哪。為什麼要離家出走呢，這點她也沒諱匿，「可能是張耀華翻譯的那本小說在作怪，我心裡急著想看看那本書寫些什麼，就看什麼都不順眼了。我爸爸以前就說過，一個女孩子迷上小說，就一肚子不老實。」她一說起小說來，臉上就浮現一層天真爛漫的光暈，沖淡她眉眼間的悒結之色。

然後又說起她打電話到出版公司去連繫張耀華的事，說完把旅行箱往他腳下一丟，立即轉身跑向電話亭。

他遠遠望著站在電話亭裡講電話的她。看見她掛了一通電話，又撥另一通電話，由她興高采烈指天劃地的動作，知道她已經跟張耀華通上了電話了。

他也滿心騷動起來，一下子回到十七歲和更年輕的那些日子，隨意，多情，濫情，善感，易期待也易失望，而且無定見。是的，他又做回單朐藻了。

「單胞藻，我要去屏東南大武山下看阿華。」她站在他面前大口喘著氣，那個電話亭跟招人進去脫下灰西裝換上紅披風的那一個一樣神奇，她推門進去再推門出來，這中間一下子年輕了至少十歲。

「妳要從臺灣頭跑到臺灣尾去找她？」

她點點頭，睜大眼睛看著他。

他也望著她，試著想像她七十歲時會是個什麼樣子。那癟了的嘴，枯竭了的泉眼一般的眼睛，晚上總是失眠，卻沒夢，只要天空堆滿鉛色的雲，就會抱怨腰疼腿酸。這個世界已經存在了億萬年了，還健在，而我們卻會在一眨眼間就比它更老。「我開車送妳去。」

她對他那個提議並不感到意外，他甚至有一種感覺，認為她剛剛鼻息咻咻從電話亭向他跑來時，就已等著他說出這麼一句話。果然他就是她的單胞藻沒錯，她，還有阿華與阿惠，對這三個女孩子而言，他從來都是十拿九穩的，是她們的公有財產，逃脫不出她們的手掌心。

天空藍得叫人不敢逼視，雲稀薄得沒了形跡，碧良覺得時間宛若凝住不動了。車子開上高速公路後，她突然搖下窗玻璃，讓風猛力灌進車子裡，使兩人的衣襟在冬風中像獵獵舞動的幡。他又想起了北島的詩。

在我和世界之間
你是紗幕，是霧
是映入夢中的燈盞

他想告訴旁座這個與他一起揮別青春期的友伴，他以單胞藻的形象來營造一種卑微的生存方式，但他如奔馬的內核，卻使他在精神上時時脫繮而出，甩脫現實世界的委瑣和束縛，馳入意識自由的境界。

你是口笛，是無言之歌
是石雕低垂的眼簾

他覺得自己是自由的，免於解釋與免於抱怨的自由。這樣多麼好，就讓風兒打上來，把自己圈在乾枯生冷的氣流漩渦裡。

4.

所以就在那個已過去的冬季裡，就在那個響晴的日子的黃昏時刻，陳景文和李碧良來到南大武山下的陌生小鎮。那地方如今對他們已有了意義，因為他們的朋友張耀華在那兒的一所中學教書，並在那兒安了個家。

叩過門之後，望著灰黑屋檐上的枯草，兩個人的心都顫顫的——人們並不是每天都會丟下家庭或工作，一口氣從臺灣頭跑到臺灣尾去看一個朋友的哪。

而那個朋友，和跟那個朋友相關的一切，如今都已成了隱在時間背後的謎，現在這個謎的謎底，即將隨著眼前這扇門的打開而揭曉了。

「我們已經有十一年沒見面了。」門開後，張耀華劈頭第一句就這麼說，似乎站在門外那兩人臉上記載著分別日期的印記，「快進來，讓我好好看看你們都老到什麼水平了。」說完突然咯咯大笑起來，分別用手掌按了按兩人的肩膀，把他們讓入門。

剛才在路上時，陳景文就想過了，一會兒見著了張耀華，假如氣氛不對，把李碧良交給她之後，他自己掉頭就走。從前與那三個女孩子共同的那一段對他太重要了，他容不得現在的她們毀了它。現在他正在評估情勢，小心奕奕地，像一隻貓走在仙人掌上面。

這是一戶老舊的兩層樓小洋房，房子外皮與內裡都灰不溜秋，有些地方的牆皮已開始剝落了，像是患了白癲風，置身其中，再鮮亮的一個人也顯得老了舊了。碧良想起了大學生，一年前那個夏季她陪母親返鄉時，在媽祖廟前偶遇大學生，大學生也是返鄉探望年老的父母。兩人廟裡廊下略為駐足，很自然就談到了張耀華，「我們談了幾回，發現跟她越來越談不下去了，她看什麼都不順眼。」大學生又提到，他已經結婚了，小孩剛剛滿三歲，「胸口很厚，腿粗得很，麵條一吃就是一大碗。」說著摸長褲屁股的部位，摸出一個裝紙鈔與證件的皮夾子，打開皮夾子，亮出一張全家福給她看。

大學生的妻子笑吟吟的，對著照相機鏡頭很大派地展示她的幸福，碧良想，有那麼一個品端言正的丈夫和那麼一個陽氣勃勃的兒子的女人，臉上自然就會有那樣的笑容。她把視線調到耀華臉上，第一次試圖用一種客觀公允的眼光去讀她。耀華那削得短短的頭髮，尖尖的下巴頦，懶得表情的臉，使碧良想起警匪片裡的女便衣。

那女便衣開門迎客之前，正靠在被垛上翻字典，老房子裡暖氣不熱，冬天呆在這屋子裡，她只有早早進被子裡捂著，寫稿或改學生作業，都是在被垛上進行的。「你們就別脫外套了，這屋子很冷，」說著，她也從推入書桌下那張椅子的椅背抓起一件呢質短大衣穿上。

單胞藻覺得屋子裡的空氣涼冷而且僵硬，張耀華看他的眼光像個生人。他不喜歡生人，在生人面前，他總是特別容易感覺到自己容貌上與衣著上的缺陷。他踱到屋外小院去，越過矮牆看隔壁人家的尋常日子。隔壁住的大概也是同一所中學任教的老師，格局相近的兩層樓小洋房，卻用粉漆刷得鎧鎧亮嶄嶄新，屋外小院種著許多他叫不出名字的花草，門窗裡飄出一陣陣飯香，屋裡的人你一句我一句扯著閒話，令他感到一種平實的人生就挨著自己在運轉著。為什麼他陳景文，她張耀華，不能像這些人這樣踏踏實實地過日子呢？瞧瞧張耀華住的地方有多冷有多暗。

而這沒有花沒有草沒有樹的小院，想必天也黑得比別處早罷。整整半個多小時，他就反剪雙手，站在黑天黑地裡，看著隔壁人家那棵柳樹禿了的枝條，在北風的吹拂下擺動，等著屋裡那兩個女人探頭出來喊他，把他喊入已點起了燈的屋子裡。

但她們似乎忘記了他。他越來越煩躁，覺得活得特別不舒服，喉嚨像被什麼東西堵住了，要大聲嘶喊幾聲才會痛快。但他畢竟沒有喊出來。

耀華到後頭去張羅晚餐時，碧良才想起同來的還有單胞藻。她屋裡屋外折了一圈，沒找到他人，跑到廚房去告訴耀華。耀華手中抓著一把芹菜，又屋前屋後找了一遍，仍然不見他人。「他的小發財車也不見了。」碧良站在廊下往矮牆外看，聲音帶著忍不住的惋惜。

耀華記得她幾分鐘前，才看到他印在玻璃窗上的側面影，怎麼才一回頭那人已不見了蹤影？他曾站立的地方，彷彿是留著被他的軀體逼出的一方人形真空，讓人想起螢幕上錯覺般的補色。天已全黑，風在低空打著哨子，遠處傳來載重大卡車轟嚨嚨壓過柏油路面的聲音。

陳景文把小發財車開上高速公路以後，也學來的路上李碧良曾做過的那樣，搖下一角窗玻璃，讓夜風呼嘯著灌進車子裡。大武山下那個小鎮早已被他遠遠拋在身後，那些灰褐色的小樓已隱沒在夜的沈沈暗影裡。

在我和世界之間／你是日曆／是羅盤／是暗中滑行的光線　你是履歷／是書簽／是寫
在最後的序言

5.

那個晚上，兩個多年不見的老朋友，隔著一壺淡茶，談及了她們的夥伴卡夫卡之死。任何一個死亡都是沒有結論的，那些還活著的人會隨著年歲與生活體驗的遞增，一次次為它重新定義。這是耀華未出口的話，對於卡夫卡的死，她不久前又有了新的看法，她認為卡夫卡的本意並不在於自殺，卻是在呼救，向那個他所熱愛卻又畏懼的世界呼救，但是失手了。

「在卡夫卡自殺前一個星期，我和他兩人又去過他山上的老家一回，那天的天空跟今天一樣藍，」耀華欣羨地望著沐浴在回憶餘光中的碧良，她腦中也有卡夫卡老家的一角雲天，像一只亮藍色的水晶盤，輕輕往上頭呵一口氣，就會有一朵雲航過。「我們找到那個樹洞，窩在裡面非常舒服。於是我們便蜷縮在裡面，兩人越靠越近。後來我們又撿了些樹枝來，架在頂上，又在上面鋪滿了樹葉，我那時覺得我跟他是剛剛被逐出伊甸園的亞當和夏娃，我們得給自己造一個家，好避開暴風雨和野獸的襲擊。」

「後來我們在樹洞裡睡著了。睡著之前我們談了很久，什麼都談，好像我們之間從來都沒有談過，以後也不會再談。那個樹洞很小很小，我們兩個鑽進去後就把它塞得滿滿的。我摸著他的臉，說，我以後就要一個小小的家，跟這個樹洞一樣大就可以了。」

這樣的重逢，使她們都饒舌、活躍起來，甚至顯得少傻了，忽忽退回往昔青青年少的歲月，她們的心充滿了歡樂的詫異。「他沒有說話，只是輕輕地拍著我的臉，慢慢的我就安靜下來，不再講話了，後來不知怎麼我就睡著了，」碧良停下來，啜了一口茶，燈下的臉彷彿更紅了些，「那個晚上，我們又談到天亮，他也是那樣抱著我，那樣輕輕拍著我的臉。」

耀華藉斟茶的動作避去了與她朋友的四目交投。她想，碧良這樣翻山越嶺地尋了來，就是為了跟她提這件事嗎？就是要藉敘述來重溫與分享她獨有的那個卡夫卡嗎？難道過了這些年後，她仍然沒有領悟到，每一次的訴說每一次的解釋，都是意義和感情上的重大剝落嗎？

人與人之間的隔閡是那麼難以逾越，每一個字眼每一句話都連帶著一個整體的心理基座，除非另外一個人可以完全掌握它，否則所有的溝通都是徒勞的。她啜了一口茶，卻期待著碧良與卡夫卡山中那一夜的下文。

碧良卻不再說話了，只是把她紮成馬尾的長髮放下來，讓它披散在肩頭。耀華對她的長髮也有意見，那是一種太過女性的符號，不能想像一個人怎麼能夠把自己的性別那麼醒目地帶著到處張揚啊？無米下鍋時，能剪下來送進當舖換幾文錢應急嚜？關於長長長長的頭髮，耀華只有一種聯想，有月亮的晚上，把它編成一張髮梯，從高高的窗臺垂下去，讓那個在窗前唱小夜曲的人兒順著髮梢爬上高高高高的樓臺來私會。碧良那個在建築工地當監工的丈夫，會去爬這張比夜還黑的髮梯嗎？

「最近我老是想起他，甚至還夢見了他，」碧良說這些話時，耀華正在翻壁櫥裡那盒帶有薰衣草香味的蠟燭。廚房的照明是日光燈，照在碧良臉上黃中帶青，當她微瞇起眼睛或扯動嘴角裝作出一個微笑時，她的朋友便會看到她眼角烏鴉爪似的皺紋，這皺紋是耀華所陌生的，標示著兩人之間一大截不相聞問的歲月。

「可能是我太不幸福了，」碧良歎了一口氣，「就為了我老想起卡夫卡這點，我也要恨我先生。」

耀華覺得碧良這個說法很耐人尋味，她把兩支點燃的蠟燭插在那個蒙著一層灰塵的黑鐵雕花燭臺上，把燭臺移到餐桌正中央，然後轉身熄了頂上的日光燈，重新面對碧良坐下時，她彷彿看到半遺忘的思想和感情，有如脫出樊籠的猛獸，在碧良的腦中奔馳著。在這遠離塵囂的人世的一隅，耀華想，她是否感到陌生無靠，無家可歸，連眼前這個久別重逢的朋友也難以接近呢？

碧良的過去，長久以來她自己已經忘卻，她忘卻了過去的一切，正如所有人忘卻了青春時代的詩冊、紀念照和發黃的信札一樣。人們忘卻了，因為新的生活不斷推著他們前進，但是這樣的重逢，驟然把她推回往昔的歲月，或者她就是為了這趟精神回歸，而尋上老朋友的罷？

更夜的時候，耀華提起睡衣一角，蹲在唱片櫃前，在近百張唱片中選一張適合那個時刻播放的音樂。唱盤開始轉動，耀華無聲地溜入碧良正蓋著的那張棉被下面。假如她們的青春年華已進入尾聲，那麼或者可以藉這個少女時代就熟悉的樂曲，再來一次輝煌的迴光返照罷。

碧良像個呆子般靜在那兒。耀華望著她的眼神，可以看見隨著每一個音節，有各種各樣美麗的回憶和溫暖的情思在她心中淡入淡出，就像她的一段韶華航過了眼前。美麗的充滿稻香的家園，玉蘭花的幽香，文學的玄想，哲學的思辯，愛與被愛，了解與被了解。耀華心口一震，驀然想起這音樂是卡夫卡最常播放的「法蘭西組曲」。

聽著那樂曲，碧良似乎感到一種隱隱的肉體的痛楚，那痛楚也慢慢地傳遞了給她的朋友，耀華跟著靜默了。

「對不起。」耀華輕輕說。

「很好，這很好。」碧良安慰朋友，「沒關係的。」

但是這有關係，很有關係。這樂曲多像記憶的索引，耀華想，同時感到一陣悵然，她看到碧良高高的眉棱在劉海之後微蹙了。碧良又回到她的夢想之地，遠遠地把她的朋友扔在身後。

6.

耀華依著碧良目光的方向往前瞧，瞧見了她們那個禾浪翻風的家鄉，有兩道在陽光下閃著銀光的鐵軌從東方天邊來，向西方天邊去。她在那塊夢的土地上走著走著，感到掛在肩上的書包的重量。她肚子餓了，不由得看了一眼揣在手裡那兩個剛剛從學校側門外的小店買來的饅頭。蓄著水蒸氣的饅頭肥白肥白，像剛剛醒來的嬰兒，叫人不忍心去吃它。

於是她又記起更多的事情。十七歲，剪著齊耳的短髮，穿著過膝的卡其軍訓裙，住在一個小村莊，到一個有三家書店的小鎮去上學，青春的姿容是如此漫漶，以至於對它的存在竟無所察覺，每回出門，最後總是一頭鑽入不管哪家書店的一排排書牆之間，有如置身於人類文明的碑林，於是那個擾擾攘攘的俗世便隱身遁形而去。對人生她仍然沒有明晰的概念，然而等在前頭的日子卻隱隱使她有些恐懼，成人世界酷烈的競奪書中有層出不窮的描述，假如沒有通過夏季那場大考，接下來的那個秋天，她就得面對它了。

離開書店後，她會拐上台糖公司修築的窄軌鐵路，踩著夢遊般的步子，走七八公里路回家去，這是每個星期六下午永遠不變的劇目，手中抓著一大把時間，在沈思冥想中讓它在陽光下澌澌流走。擱在書包裡那兩個饅頭已把蓄住的水蒸氣釋放出來，濡濕了紙包，她走幾步撕一塊扔到嘴裡去嚼著，吃的像是遠方那團厚重的雲。

正是那種不愛回家的年紀，可在好些年前，她就發現自己不愛回家了，但是除了書店外，總也沒有別的地方可去，老是外頭打個轉後，便會踏上回家的路。直到碰上那夥跟她一樣不愛回家的朋友後，才發現原來家並不是天黑之前就非得趕回去不可的，有了幾個稱心如意的夥伴，世界完全不同了，腳在何處，家就在何處，心在哪裡，道路就在哪裡。

她掉轉方向，追上李碧良，感到一種淡淡的激動，好像是在鬧戀愛似的。

7.

蹺課時她們就逃往單胞藻家的閣樓，那兒是她們那一夥的聚會所，不管單胞藻人在不在家，她們都可以在他那個砌了幾面書牆的小閣樓裡耗上幾個小時。後來跟他實在混得太熟了，他人在不在都不礙事，她們腳踩他的地頭頂他的天，手裡捧著他的書，餓了渴了也不用跟誰招呼一聲，就逕自下樓去找食物飲料來止饑解渴。

她們結成一夥那年，張耀華和蔡惠惠高二，外號叫單胞藻的陳景文和李碧良高一，後來蔡惠惠離家出走，在外頭流浪了幾個月，再回學校時降了一級，跟升上高二的李碧良成了同班同學。就某種角度來講，她們和單胞藻都是群體的游離子、兩棲類，這樣的孩子自己結成團伙時，彼此間的向心力會特別強，彷彿孤兒終於有了自己的家。

一開始是張耀華和蔡惠惠的兩人聯隊。兩人同一個班級上了一年多的課，從來不曾有過深談，直到那回兩人同時代表學校參加全縣中學生的國語文比賽，在教師會館同一個房間住了一個晚上，才成了朋友。蔡惠惠身材奇矮，充其量也只有一百四十五公分高，很胖，骨頭的棱角全部埋入豐厚的肉層裡，但是她並沒有一般胖子慣常會有的白皮膚，相反的，她有著被稀釋過的巧克力奶的膚色，只是不均勻，在關節的部位往往色澤比較深一點，使得旁人分不清楚那是她皮膚的本色，還是附在上面的髒垢。

她很少開口說話，這使得耀華對她特別留心，那階段耀華以為一個沈默的人必然有個深邃的靈魂，等相處久了，耀華才知道她之所以遲遲難以開口，大部份時候是因為她沒找到適當的措詞，而她對字辭的選擇，似乎以精簡為最高原則，凡是能一個字說的，絕不勞動兩個字。

耀華認識李碧良是在參加一次數學補考時。學校為了防止考場內互通訊息，把全校的數學補考生集中在大禮堂裡，讓不同年級的補考生相鄰而坐。考試不到十分鐘耀華就繳卷出場了，她繳的是白卷。卻見另一個女生緊緊尾隨著她出來，就算她膽識過人，因為補考生就算一題都答不出來，也得在考場多呆些時間，讓自己受受精神的煎熬，以示對那門學科及執教老師的敬重，以示自己是真不能而非不為。

兩人當下成了朋友，背起書包一起逃出校園。「我恐怕今年非留級不可了。」耀華說，為自己剛剛繳出去的那張白卷而不安，但連考題都沒全看過就繳了卷子，又給她一種很英雄的感覺，在走出考場那一剎那，她確實是十分自豪的。在不安和自豪兩種迴然不同的情緒交相煎熬之下，她的一顆心堵得慌，需要用一種什麼方法把突然在她胸膛裡橫衝直撞的感情渲泄出來。那時候，她想抱抱誰，使勁抱抱他，胳肢胳肢他，讓他笑得喘不過氣來，擰擰他，使他在她的掌握中拼命扭動身子，總之，她想幹點悖情違理的事兒，然後等待對方情緒的反彈。

但是她什麼事也沒幹，只是提議她的新朋友和她一起去逛書店，那女孩抿嘴一笑，說：「好哇。」

陳景文是李碧良參加學校詩社的社友，就在她與張耀華一起繳了白卷逃向書店那回撞到一塊兒，之前耀華偶而會在同一家書店看到他，算是一張熟面孔。第一回注意那張臉，她就把它烙在腦海中，在那張早衰而蒼白的倒三角形臉上，長著一對機伶但閃爍的水汪汪的大眼睛，一對張開的招風耳，兩片淡玫瑰紅的薄嘴唇，看來很女氣，身上卻老是一件不知打哪兒弄來的軍綠色大夾克，那夾克早已被他穿成他那個人的註冊商標了。

「單胞藻！」李碧良潛行到他背後，突然提高嗓門喊他，他雙肩一提，手中的書飛落地板，接著就見他張開嘴哈著大氣，一面用雙掌輕輕拍撫著自己的胸口，「妳是不是存心把我嚇死？」

「是有那個存心，可惜沒辦到。」李碧良說著又用皮鞋尖踢了他小腿一腳，那神氣非但不把他當個男生，倒像在對付一個糾纏不休的小叫化子。

耀華不像碧良，她可沒把眼前那個骨瘦如柴，面相奇異地揉和著老頭與嬰兒兩極化特質的男生當成等閒之輩。他太吸引她了，首先他那個綽號就不同凡響，「妳叫他單胞藻？」她問李碧良，「怎麼，妳覺得他不像？」李碧良伶牙俐齒地反問，「難道他像牛？」

「像牛的是妳，沒看過這種喜歡動手動腳的女孩子！」

耀華從沒看過單胞藻這種微生物。高一上生物實驗課時，老師要大家在顯微鏡下觀察單胞藻的不規律運動，還事先指導大家為牠們染了色。可是整個實驗過程，她在同學此起彼落發現美洲新大陸也似的驚呼聲中，始終不曾捕捉到那種可驚歎的最原始的生命型態的蹤影。老師為此站到她身後加強輔導，跟她描述單胞藻的種種生物特徵，授者越是熱心受者就越發急，撐持了五六分鐘便佯裝她已經看到了，就是表演不來那種發現新大陸的驚呼聲。她沒有看過單胞藻和牠們的不規律運動，但是憑直覺她知道眼前那個蒼白得近乎透明的男孩子一定有著某些那種最低等的生命的屬性，否則旁人不會喊他那個綽號喊得如此理直氣壯。

就這樣四個人結成了一個奇異的三加一團伙。除了成群結黨外，當時他們實在也沒有更緊要的事可做。三個女生把離客運站不遠的單胞藻的家當成不定期的聚會所，那意思是說，她們當中隨便哪一個，只要逃出了校門或家門，便直奔單胞藻家的閣樓，在那兒只要耽上半小時，總會碰到另一個伺機把自己給解放了的同夥。

有一回三個女生竟恰恰好在十分鐘之內先後到達單胞藻家，新來者對歪在閣樓一角看書的同伴交換了個會心的微笑，就覓個角落安身立命去了。

那閣樓是單胞藻的專屬天地，認真算來該列入違建。他爸媽應他的意願，請來三個泥瓦工，運來滿院子磚塊、水泥、木材，在他們家的小平房上面加蓋了個約有十張榻榻米大小的小閣樓，牆上抹了白灰，地上舖了條木，面對後院那面牆安上木格玻璃窗。只有房頂沒加工，往床上一躺，撞入眼簾就是橫七豎八的托梁和檁條，感覺像是住在農舍裡。屋頂另一半空間留白，一家三口隨興隨緣胡亂栽植了些叫不出名字的花草、藥材，加上兩個廢棄的浴缸裡的時鮮菜蔬，倒也一年四季開門見綠。

那兒是鬧市中的一截曲巷，北邊是巷頭，南面是巷尾，長不過百多公尺，在巷頭舉步，巷尾就有了回聲。走在那碎石子舖成的窄巷裡，耀華總是想到國文課上聽到的一個比喻，南山之蛇，叩首尾響，叩尾首響，叩其中則首尾皆響。短短一截巷子安上幾十戶人家的門窗，走在其中，四面八方都是監視仲裁的耳目，無端就叫人心虛。一開始不過是一排一色的木結構紅磚面的小平房，隨著家家戶戶人丁的繁衍，無不在原本的房頂上加蓋小閣樓，這第二層建築就不再維持統一的面貌了，將就了各自的建材與格局，再加上各家門上窗上，有的搭涼棚，有的蓋遮雨布，有的掛帘子，帘子更是五花八門，有花布帘，有竹絲帘，有木珠帘，有海貝帘，更有家中小女兒用紙頭加工製成的紙節帘，這些各形各色的門帘窗帘便成為每戶人家獨一無二的標誌，一入巷中便一眼可辨。

房子臨街而建，不留縱深，加上沒有屋檐與圍牆，所以正門雖設而長關，一派老死不相往來的景象。但入得室內之後，會發現街坊間是在屋後的小院中互通聲氣的，家家戶戶間只用一道半人高的矮牆劃開地界，便將自家的底蘊全暴露在鄰人的耳目之下。尤其是夏季，圖著小院中的屋陰、牆陰、樹陰，所有的閒人全以那兒為活動重點，男人一條短褲衩，女人一條薄襯裙，老人小孩更是無顧忌，赤著上身便往屋外走，竹椅、竹席、竹凳擺在剛剛潑過涼水的泥地上，便閉著眼睛搖著扇子打起鼾來。

三個女生第一回應邀到單胞藻家去玩，在閣樓上倚窗大吃單胞藻供獻出來的一只冰鎮無子西瓜時，突然聽聞他爸爸在樓下引著嗓子問兒子有沒有看到那把大西瓜刀。她們三個正啃西瓜啃得花容淩亂的不速之客心口都微微一虛，覺得馬上就要在現場被逮個正著，女孩子特別發達的羞恥心就發作了。單胞藻若無其事地答：「我拿到樓上來切西瓜了。我請同學吃西瓜。」單胞藻的爸爸又引著嗓子問：「用好了沒有？」單胞藻傾身由樓梯口扔下一句：「用好了。」就把他爸爸引上閣樓來了。他穿著木屐，一步一響動敲著木梯，那腳步聲是那般滯重，呼氣吐氣的聲音像出自一口風箱，她們都預期馬上要見到的是個胖子。

果然是個胖子，一個笑嘻嘻的胖子。他看看攤在單胞藻書桌上那個被切得汁液淋漓的西瓜殘骸，皺了皺眉頭，「我怎麼教你，你都學不會挑西瓜。這個還沒長足，不甜，不好吃。」他用夾生的國語對他的兒子說話，一字一句往外吐，口氣顯得份外鄭重其事。他環視了那三個青湯掛麵，又笑嘻嘻地說：「請同學怎麼能拿這種的出來？」然後便敲著木梯滯重地下樓去了。待他又鼻息咻咻地登樓後，兩手各抓了兩個黃濛濛正沁著水珠的日本二十世紀梨，他把那些梨子往書桌上一放，很豪氣地招呼三個女孩：「吃，吃吃，剛從冰箱拿出來的。」說完也沒等客人的反應，便轉身下樓去了，大概被那三雙少女的眼睛烤熱了臉皮。

他一走，三個女生同時重重地釋了一口氣，只看見碧良對兩個同伴吐了吐舌頭，耀華懂得她的心理，知道她怕被當成刨人家牆根的耗子。

往後三人到單胞藻家去，都能獲得上好一頓時鮮水果的招待。單胞藻的爸媽在鎮上客運總站佔了個鑽石位子擺水果攤，他們賣的水果都是人們出門訪友或返鄉探親時，用水晶玻璃紙和彩色塑料緞帶扎得方方正正的高級禮品，平常人家從來不捨得花錢買來叫自己受用，可單胞藻總是隨手抓來幾隻五爪蘋果、萬壽蘋果、二十世紀梨，或是從梨山用冷藏貨櫃運下來的水蜜桃，來填那幾個嬌客的嘴，吃不完的還可以兜在書包裡夾帶出境。

那水果攤的照管分成日夜兩班制，他母親管日班，他父親管夜班，不上工的人就在家裡歇著養精神。由於他父親晝伏夜出，因此三個女生每回去單胞藻家，老要撞上他父親，那漢子總是赤著上身穿條短褲衩躺在前廳通往內室的走道的條凳上吐煙圈，若有所思地瞅著打旋的煙霧，顯然它勾起了他遙遠的回憶。單胞藻家的大門日夜都不落鎖，因為看管攤子的人可能隨時回家補貨。三個女生幾回見單胞藻從外頭回去推開虛掩的門逕直進屋，以後上他家也跟著學樣，彷彿回的是自己的家。

大概因為老是衣冠不整，自覺在年輕人面前有失體面，每回見有兒子的女伴不期然而至，他便閉目假寐，避去雙方打招呼的尷尬場面。碰上他精神舒爽時，他會在客人登樓之後，悄悄起身整肅儀容，然後送些珍奇的點心水果上樓幫兒子招呼朋友。

顯然他並不是一個彆扭的人，甚至還有些快活和輕佻，但是耀華陰悒地想，當然這種性格也是靠不住的，任憑他多麼快活樂天，碰上生活裡的風浪，也就會乖戾起來，要不就尋找酒精的安慰，一步步把自己變成一具行屍走肉，要不就成了個在骯髒的窩裡虐待懦弱的妻子和膽小的孩子來發泄鬱憤的人。

她不由得要想到她自己的父親了。

8.

張耀華那夥朋友都喜歡她的父親，對這點她一早有了個結論：因為他們沒生做他的孩子。

有一回她跟她的大學生朋友李雁哲提到《封神榜》裡哪吒出世那一段，說整本書的內容都忘光光了，單單記住那個情節。哪吒是陳塘總兵李靖的小兒子，有回在河裡洗他的兵器混天綾或乾坤圈什麼的，跟龍王的兒子幹架，兇悍的哪吒竟把對方全身的筋抽出來編成一隻鞭子。李靖見他犯下滔天大罪，怕他要為全家招來殺身之禍，想先將他殺了息龍王之怒，「哪吒苦苦哀求他爸爸饒他一命，邊求邊逃，可李靖卻硬著心腸非把他殺死不可。以前的中國人好像是這個樣子的，父要子亡，子不敢不亡。最後哪吒看著真的逃不了，乾脆抽出刀子來，把自己身上的肉一塊塊割下來丟還給他爸爸。」她見他在凝神傾聽，臉突然紅了，為著接下來要說出來的心底話，「為什麼中國人那麼喜歡哪吒呢，我想我找到了答案，我們總有些時候，想把自己身上的肉一塊塊割下來還給父母，用蓮花蓮葉再做一個身體，重新出生一次，跟誰也沒有血緣關係。」

「妳爸爸對妳們不好嗎？」李雁哲問。

「他對他自己不好。」她語含玄機地答了一句，就此對這個話題諱莫如深了。

耀華小學六年級那年，便舉家從她父親任國中校長的那個外鄉小鎮搬回老家祖宅。她父親丟了工作，坐了幾個月的牢，賣了鎮郊那棟漂亮的兩層樓洋房，兩手空空地回到那棟他出生、成長的兩進三合院老房子，那年他才四十六歲，可再也沒從那個大觔斗爬起來過。

一切細節耀華都不清楚，關於她父親犯了什麼法，她上頭的哥哥跟姊姊知道得比較詳細，在她長得更大一些以後，他們每每在她問起的時候，用一句「妳問這個幹嘛」來制止她重提往事，顯然那件事對他們的傷害很深，至於她父親呢，他從來一個字不提。直到搬回老家，有回從前她父親任教職時的一個老朋友登門造訪，她隔著一道牆聽壁腳，才把那件事拼湊出一個端倪來，原來她父親是在替學校訂購一批電化教材時，收受了一筆為數可觀的現金回扣，才惹來那場革職與牢獄之災的，她同時知道，自家原來那棟以七里香為籬的漂亮的花園洋房，一大部份的款項就是出自那筆學校購買電化教材的現金回扣。

跌了那一跤以後，她父親就一日日頹唐下去。他蹲監獄那段日子，她哥哥在外地寄讀，她和唸高二的姊姊便被送回老家，寄住在鎮上開電器行的叔叔家，她爸爸出獄後，兩個女兒便隨他遷回祖上傳下來那棟老房子住，他閒了一年多時間，最後終於在村子裡開了一家農藥代理行。

耀華對於父愛的體驗，是小時候踢被子，適巧被他發現了，會來替她塞塞嚴，他也像其他父母一樣，不許孩子傾身探頭看井底，不許孩子爬上楊桃樹龍眼樹或任何從上面摔下來會折斷頸子或脊椎骨的高大的樹木。但是這些又有什麼特別呢？別人的父母也都會這樣做的，這只是一種為人父母的本能，算不上是什麼偉大的父愛。

打從十一歲、小學五年級那年，她母親發生車禍丟下三個孩子走了後，她就常常在心裡做假設，假如走的人不是母親而是父親，眼下的日子會有什麼不同，這個念頭令她有很深的罪惡感，卻無法阻止她下結論——如果母親在父親不在，一家人會窮些，但是仍然會把日子過得很齊整很圓滿，至少不會像父親那樣，成為鄰里咬耳朵竊竊私議的話柄，更不會有後來貪污收賄，全家人夾著尾巴而逃的不堪局面。

幾乎在母親一過世之後，那個家就不成其為家了。大姨媽在母親安葬後，遣來她那個剛剛在大學聯考落榜的女兒，暫時填充了主婦的位子。那個表姊操持起家務來手忙腳亂，不是讓油鍋起火就是把飯煮糊了，經常廚房裡忙了半天時間，最後還是開罐頭讓一家人就著醬瓜或茄汁鯖魚下飯。一開始還和兩個小表妹嘰嘰呱呱談個沒完，過了一陣子後不知怎麼卻靜了下來，老一個人望著地板發呆，要不就躲在房中哭或蒙著頭睡覺，有一回晚餐吃了一半，突然丟了筷子奔入她住的房間把自己鎖在裡面。隔天黃昏她父親從學校回家後，又推出摩托車載她出門，說是帶她去看醫生，那個晚上耀華和姊姊收拾了餐桌洗過澡把自己扔到床上後，才聽見父親扶她入門的響動，兩個女孩子豎起耳朵傾聽樓下的動靜，聽到她們表姊情緒氾濫起來時抑制不住的啜泣聲，耀華同時聽到她姊姊美華壓著聲音說：「我知道發生什麼事情，爸爸帶她去墮胎。」話才說完便拉起被子把頭蒙住。

那個表姊不久就離開她們家了，聽說回去後鬧了一回自殺，安眠藥一整瓶吞到肚子裡去，及時被送到醫院洗腸子，一年多以後，便被嫁掉了。聽說嫁得很壞，是個在臺北一家紡織工廠當工人的同鄉青年，學歷還差她一些，是個高工夜校畢業生。這些事都是親戚朋友那兒零零碎碎聽來的，但是好些年後，她才明白過來，表姊的一連串不幸遭遇，可以說是她父親一手造成的。表姊後來的離婚，也跟她父親脫不了干係，表姊跟先生吵架離家出走，第一個想到要投奔的還是她父親，住下來後就不想再走了，說是寧可留下來給他洗衣服燒飯，也不願再回那個沒有感情的丈夫身邊。後來還是被勸回家了，那個國中校長怕招攬麻煩上身，他那份教職容不得他私生活出差錯，誘拐有夫之婦的罪名他承擔不起。

可是閒話還是有的，就因為父親與那個表姊不清不白那一段，母親娘家那一頭的親戚全都與父親斷絕了來往。後來她姊姊美華不知打哪兒聽到另外一些閒話，說是當時表姊想離了婚來就他，他卻跟學校裡一個新來的漂亮的女老師暗中來往著，早已轉移了目標，才沒把表姊給留下來。沒想到過了不到一年，買電化教材收受回扣的事就東窗事發了，離她們母親車禍過世還不到三年時間。

一家人的經濟狀況急轉直下。吃官司蹲監獄遭白眼受議論，給他的打擊很大，慢慢的他就投靠到酒瓶子上了。看農藥行時，往往整天守不到一個客人上門，那種時候他就在裡間喝悶酒，從竹葉青喝到紅標米酒，端看當時荷包的狀況來決定酒的品級。喝醉了就躺在那把搖搖椅裡呼呼大睡。他愛美愛體面，在人人打赤腳的鄉間，始終維持著一離床就穿上皮鞋的習慣，出門不論遠近，總是襯衫領帶西服皮鞋，十分整飭。耀華記得有段時間家裡窮得端午節包不起粽子中秋節買不起月餅，但是他那些用進口料子做的四季衣裳照舊送到街上的乾洗舖子去洗，這樣子的自私，她上頭的哥哥姊姊一直不肯諒解，即使在很多很多年後，他們又回頭認了這個父親時，偶而還會念叨著。

但是這些外人都看不到。耀華那夥朋友第一回到她那個鄉間的二進三合院老房子去玩時，吃驚地發現那種鳥不拉蛋的窮鄉僻壤竟然還隱居著那麼個風流俊俏的人物。他衣冠景然，滿面春風，一雙眼睛飽含笑意，還說得一口辭意典雅的國語，他們立即就為他傾倒了。

那是個星期六下午，那個三加一團伙共騎兩輛單車在太陽下胡亂兜圈子，單胞藻突然跟耀華提議上她家玩去。他們把單車停在正廳廊下，讓耀華領著到客廳把書包放好，又尾隨她穿過左翼廂房，經過廚房和穀倉，到屋後的果園摘水果吃。

三個鎮上小門小院長大的孩子，一見那片鬱鬱蔥蔥的果園，眼中立即冒出碧綠色的光澤，不約而同朝最近那棵結滿累累果實的蓮霧樹奔了去。單胞藻雙手抱住樹幹想要往上爬，使力使得整張臉都泛紅了，紅潮漫向脖根，染紅了他那一臉青春痘的暗疤。好不容易在樹幹分叉的地方找到一個落腳點，他忙不迭地在半空中踢掉皮鞋，又用兩腳腳趾交替扯下襪子，以便光著的腳板跟樹幹形成更大的阻力讓他往上竄。

待他到了挺直身子探手便摘得到蓮霧的高度時，樹下的三個女生便興奮地指揮起他來：「那邊那邊！大眼弟！你媽媽生了一雙大眼睛給你，你偏偏看不到那一串又紅又紫的蓮霧。」「不對，我說的不是這幾顆。看到沒？在你右邊，手再往上伸二十公分就碰到了。笨蛋！我說的不是那幾顆，你到底長了眼睛沒？」

那陣子響動把耀華的爸爸從屋子裡引到後院來了，是他慣常午睡醒來的時刻。他的出現打斷了年輕人間的戲謔浪語，半蹲半站在樹幹分叉點上的單胞藻看到來者是個長輩，下意識地正正身子，摸摸他的五分頭，討俏地說：「歐吉桑您好，正在偷你們的蓮霧，剛好被您抓到了。」

歐吉桑朗聲笑了起來：「該打幾下屁股，你自己說。」

「歐吉桑千萬原諒，」單胞藻十分進入角色，形容與聲氣都是非常誠惶誠恐的，「不是給我自己吃的，」他指著蔡惠惠和李碧良，一個快樂的微笑像沼澤上的陽光一樣掠過他的臉上，「這兩個女生中午沒吃飯，肚子餓。」

歐吉桑轉向他女兒：「怎麼，妳們中午還沒吃？」

耀華在學校中午的那一餐通常是一個山東大饅頭，幾年來從來無人相聞問，他父親只是每兩個星期在她開口時給她一筆訂便當的錢，她就用那筆錢來買書和買唱片，只留一小部份讓自己每餐買個大饅頭裹腹，那個中午，她連那個饅頭也省略了，她的朋友跟她在一起時就陪她挨餓。

見耀華一句話也不說，她爸爸臉上出現一抹為難的神色，他看了一下腕錶，說：「已經快下午三點了，還沒吃中飯，我能變出什麼來餵你們這幾張嘴呢？我們沒養雞，照理我們應該抓一隻雞來招待朋友的。……」

他終於騎上他那輛蘭美達機車出門去了。當他再入門時，單胞藻特別從客廳奔出去迎接他，乍驚乍喜地從他手中接過兩包可口奶滋和一包花生酥糖，回頭對正在客廳裡吹電扇翻報紙的女伴說：「歐吉桑買吃的回來了。」

女孩們吃餅干時，單胞藻就陪長輩話家常。他有厭食症，吃東西只為了活命，幾個女伴都見識過他從電鍋裡胡亂挖一湯匙米飯塞嘴裡，一邊口中唸唸有詞稱頌自己的口福：「清香白玉飯，紅嘴綠鸚哥。」但是眼前做長輩的不清楚他的底子，一再催他：「吃、吃、吃餅干。」

「歐吉桑，我對餅干過敏，」他苦著臉說，為了不讓正在吃餅干的女生們聽到他接下來要講的話，他特別傾身跟長輩借耳朵：「我對餅干裡的防腐劑過敏，吃了皮膚馬上紅腫潰爛，而且會心悸、耳鳴、嘔吐，晚上還會作噩夢。」

歐吉桑神色凝重地聽他宣告，皺著眉頭用臺語說：「啊你哪也賈呢歹飼？」

單胞藻聽了雙肩一提，馬上接口說：「歐吉桑千萬原諒，我不是故意的。」

他的歐吉桑拍拍他的肩膀，原諒了他，然後站起來，用臺語對他說：「你今日專程來考我是不是？」

單胞藻被當成一尊人物看待，有些受寵若驚，說起話來更加誠惶誠恐：「哎呀，千萬不要管我的死活，我餓慣啦。」後面倒是一句通體透明的大實話。

「在我們家餓肚子？說出去我面子哪兒放？」他剛剛那個午覺睡得好，有足夠的幽默感跟眼下這個有些小丑氣質的年輕人周旋下去。

耀華頭回發現她父親心情好時，也是肯敷衍年輕人的，但是她怕單胞藻拿捏不好尺度，會把場面演僵了。她不知道她父親能從自家廚房變出什麼東西來，而單胞藻又將如何拒絕他送上口的食物？單胞藻向來把吃東西當成苦刑，剛剛以對防腐劑過敏逃過一關，接下來他能編造出怎樣的說詞？

做長輩的幾分鐘以後再出現時，手中握著一團形跡可疑的東西。他在單胞藻面前站定，攤開巴掌，露出一個用透明塑膠袋裹著的飯團，用一種得意揚揚的口氣說：「歐吉桑親手做的，絕對沒有防腐劑。」

耀華終於看清楚那個飯團的成色了，大概是中午的剩飯裡包了些肉鬆和一些切成丁的鹹蘿蔔乾。她倒是佩服她父親的創造力。

單胞藻狐疑地望著那個飯團，這回輪到他被考倒了。但是他沒有猶豫太久，他伸手接過那個飯團，臉上掠過一個欣喜的表情，打開塑膠袋，露出他那口細小潔白的牙齒，開始津津有味吃將起來。

耀華覺得單胞藻有時確實是值得被寶愛的，就說瞧他吃她爸爸為他做的那個冷飯團吧，就好像看了一次金馬獎影帝的即席表演。他那場一人啞劇以變化無窮的表情模擬正吃著一頓滿漢全席的滿足感，接著渾身顯出一副酒足飯飽的懶散神氣，把身子橫在沙發椅裡時，甚至打出一個響亮的飽嗝來。

這時候做長輩的，正從一個唱片套裡取出一張唱片放到轉盤上，然後把唱片封套遞給了單胞藻，耀華看到封套上印的是「吉普賽音樂巡禮」，只聽見單胞藻那個機伶鬼適時提出一個問題：「歐吉桑也欣賞古典音樂嗎？」

歐吉桑帶著陶醉的表情點點頭，說：「我什麼音樂都能欣賞，」他指著自己女兒，「耀華有時放西洋流行歌曲，我也跟著聽。音樂無國籍，也不應該有年齡的界限呀！」

耀華聽著聽著就笑出來了：「你們不要聽他的，他是嘴巴上民主而已。我每次放李馬文唱的長征萬寶山的主題曲，他都有意見，很惡毒的意見，有一次他說，那個人是不是肺癆病第三期，有一次說，聽起來像老狗喝稀粥。」

「歐吉桑有道理，」單胞藻猛拍大腿：「老狗喝稀粥！哈！肺癆病第三期！」

那個黃昏送走了三個友伴後，耀華的父親回頭關掉了唱機，對著正在整理報紙和唱片的女兒說：「妳們這幾個女孩子，如果老是跟那個單胞藻混在一塊兒，就會失去大小姐的身價。」

耀華不作聲，繼續埋頭整理唱片架。她心中不齒她父親的勢利眼，更不齒他剛剛在她朋友面前那樣渾身解數地作戲，他說的話她一句也聽不下去了。

「那個李碧良長得很甜，很漂亮，電視上唱歌的一個叫什麼的女歌星，跟她長得很像。」

耀華知道她爸爸說的那個女歌星是劉蘭溪，碧良房間的牆上就貼著一張劉蘭溪的玉照，碧良往往讀了兩頁書便抬頭顧影自憐。她不答她父親的話，一個長輩本就不宜評斷晚輩的容貌，好的評斷也不宜，尤其是一個異性晚輩的容貌，在耀華看來，那有些近於精神亂倫了，那意味著碧良在她父親眼中，異性的成色多過於後生小輩。

那個晚上，耀華一邊在廚房寒磣磣的日光燈下收拾餐桌，一邊想心事。她想起自己父親在那幾個夥伴面前的那一派雅腔，還有碧良出奇的嫻靜，碧良幾次的低頭和紅臉。她在腦中構思著一些話，其實那些話永遠都不會出口的，但是在她的腦海裡，某一回與碧良單獨相處的時候，她會提到一個曾經鬧過自殺的表姊，那個表姊還在當小姐的階段，「因為一樁情慾陷穽而失身」，表姊家人為了防止醜聞的擴大與走漏，便草草把她嫁掉了。表姊結了婚後，經常逃家，她無法守著那個沒有感情的丈夫過日子，她曾經想要回到那個奪走她童貞的男人身邊，沒想到那人在她之後又找到新的目標——多卑鄙醜惡，那是生物本能在道德意義上的盲目！可是表姊再也沒想到她曾經不惜一切為之獻身的那個人，會對她始亂終棄，我想她的心一定破碎了。她還是離了婚，離了婚後才發現自己有了身孕，但是她堅持不再走回頭路，她獨自到臺北去，找個地方把孩子生下。帶著身孕兩手空空的上臺北那個人吃人的大城市去，她肯定吃了不少苦頭，她到底是怎樣熬過來的，親戚裡頭沒有人知道，後來有同鄉的傳話回來，說她在中山北路的洋酒吧裡上班坐檯子。

「呃，妳知道嗎，那個對我表姊始亂之終棄之的人，就是——我爸爸。」末了她要這麼輕輕一點。

當她把碗盤洗好，開始清掃地板時，她腦中靈光一閃，突然想起自己剛剛認識李碧良時，老覺得她的臉孔看著眼熟，原來碧良跟那個命運多舛的表姊長得有幾分神似。

9.

然後就在慣常去的那家媽祖廟斜對面的書店認識了卡夫卡，在耀華當時的日記本中，他那個人被簡寫成英文字母K。

卡夫卡名叫柯武克，後來在他與耀華成了熟朋友後，告訴她他原先的名字叫柯武魁，被母親抱著去登記戶籍時，那兒的戶政人員不會寫魁字，改之以克字。後來耀華跟單胞藻提到K那個人，單胞藻詑笑一聲，把那個名字反覆唸了三遍後，就成了「卡夫卡」，那時耀華腦中浮起印在《蛻變》那本翻譯小說中銅板紙夾頁的卡夫卡的肖像，很快疊上柯武克那張有一雙深邃如子夜孤星的眼睛的臉孔，竟將兩者混淆在一塊兒了。

然後她又記起來，「卡夫卡」這個希伯萊語的名字，意思是「穴鳥」，「像一隻飽受驚嚇的小動物，自掘一條蜿蜒的甬道，以遁避世俗的傷害。」這個名字對它的主人的性格與生活方式似乎起了極大的暗示作用，研究卡夫卡的傳記作者寫道，「他的一生全部濃縮在這個名字裡。」

耀華至今仍然要常常想起卡夫卡來，那雙子夜寒星般的眸子，是記憶中那張臉的焦點，是她青春期全部回憶的索引。

那雙眼睛曾引起她的一些玄想。當人們透過言詞表達他們內在的思想時，就得通過一個翻譯的過程，這往往是無法準確辦到的，每每話才出口，意義與感情就變質甚至剝落了，比如當單胞藻說到「媽媽」這個字眼，他的所指聯想絕對與李碧良或蔡惠惠或卡夫卡或大學生對同一個字辭的所指聯想不同，從而使得說者與聽者在心中各彈一調。

但是那一雙黑眼睛不同，那一雙黑眼睛不需要翻譯，思想與感情本身就反映在其中，在眼睛裡面，靈魂無從偽飾，所以古人才主張「觀其眸」。

大部份時間，卡夫卡奉行著緘口為貴的原則，往往半天時間不見他開口說一句話，有好幾次耀華在書店裡與他碰面，會不由自主地從旁偷偷觀察他，看他在翻開書頁不久，便「書遁」而去，就像孫悟空駕起觔斗雲，一翻身一萬八千里。

後來與他開始有了些文藝對話，發現他也有滔滔不絕的時候，他是把書當活人來交朋友的，對於裡頭的一切加以熱烈的同情或感慨，認為讀小說如果不動感情就引不起深思，「我贊成法朗士的主張，要把讀每一本書當成一次靈魂的冒險。」他隨口引述了一句名言，至於法朗士是誰，在什麼情況下說那句話，他則不作解釋與交待。

她還發現他似乎分不太清楚現實與想像世界的界線，他往往在大幅的沈默之後突然開始一個全新的話題，就由他關心的點直接切入，而不問聽者是否掌握了它的背景：「我最近老是想著威利・羅門的事，他好像一輩子都在犯錯，他的生活就是一連串錯誤的總和。」那回兩人一起離開書店，他伴著她走向客運站，兩人沿著臨街商鋪的騎樓走，她不時得扯扯他的附部，免得他撞上廊柱或迎面走來的人。

他繼續談那個威利・羅門。威利・羅門第一個大錯是沒跟他哥哥本恩去阿拉斯加打天下，因為他看到一個老推銷員幹得很出色，活得很風光，那個老推銷員只要走進旅館，隨便撥幾通電話，訂單就像雪片飛來，後來八十幾歲時死了，全國的客戶和同業都來哀悼。

他說話的時候，眼睛望著虛空，兩手不斷在胸前轉圈圈，說話速度越快，手的動作也越急，像是在把一團舊毛線纏成一個毛球。威利・羅門不知道老推銷員的時代已經過去了，以前靠人格、儀表、信用和討人喜歡就能成功的時代過去了，他奔波了一輩子，卻沒掙下幾個錢，六十幾歲時被公司開除，兩個兒子也一事無成，最後為了詐領兩萬塊錢的保險費，好做為兒子的創業基金，故意製造假車禍，把自己撞死了。「人哪，總是不斷在為自己的人生做選擇，有了選擇就有了行動，有了行動就有了結果，問題是，在沒有結果之前，人根本不知道自己的選擇是不是正確的，可是有了結果以後，知道了也太遲了。」

耀華直到最後才弄清楚，卡夫卡口中的那個威利・羅門，是亞瑟・密勒《一個推銷員之死》的主人翁。由威利・羅門，他又說到一個叫湯米・威廉的人。湯米・威廉是個徹頭徹尾的失敗者，因為他的一生是一連串錯誤判斷，錯誤抉擇的結果，他不應該和瑪格麗特結婚，他不該大學沒唸完就到好萊塢去闖，他不該因為老闆多雇了一個人來分擔他的工作，也分削他的權利，就賭氣辭職不幹，他不該把僅有的儲蓄拿去投資豬油生意……耀華問這個湯米·威廉又是誰，他竟反問：「妳不知道嗎？他是索爾·貝婁《抓住這一天》的主角。這本書我買了，妳要看我可以借給妳。」

她有意試試看身旁那個男孩子到底有多脫略，經過客運站時也不駐足，一逕往前走，卡夫卡似乎不覺有異，一直與她比肩而行。那是鎮上最熱鬧的一條街，有個路段被塑膠布、尼龍繩、閃亮的警示燈和路障兩頭圍起，手拿十字鎬的工人把路面挖了個半人高的大坑，還不斷一鏟鏟往下挖，卡夫卡工地前站定腳步，痴痴看著三個工人機械性的勞動，「有時我也想去找一份跟他們一樣的工作，白天榨盡自己全身每一滴力氣，晚上下工回家就躺在床上看看書，可是我懷疑我有沒有那個能耐。」經過一家麵包店時，他忽然記起他的午餐還沒解決，一頭鑽入裡面，再出門時手中捧著兩個奶油麵包，很自然的把其中一個往她手裡塞。

兩人走出鎮上鬧市後，視野一下子開闊了，天空籠罩著大地，像個半球體的玻璃罩子，稻田是那樣整齊，就像有個全能的主預先量好每一根綠莖的高度似的，使它們的表面看起來一平如鏡，起風的時候，則像被打皺的池面，波紋一圈一圈往外擴散。

「這是我回家的路。」拐上台糖的窄軌鐵路後，耀華終於開口點醒卡夫卡。

「這條路看起來很長。」他點點頭，下了個結論。

「是很長，到我家還有七、八公里。」耀華說。

「那妳為什麼不搭車？」

「因為兩點之間最長的距離是步行。」

他為她那句話感到迷惑，幾分鐘之後才說：「妳是說妳不想太快就回到家？」

「差不多是這樣。」她心裡想，因為不愛回家，又沒有旁的地方可去，只好把通往家的路線儘量延長。

卡夫卡沒有聲明送或不送，便隨她一路往前走，走了一段路之後，他終於又開口：「妳這麼愛走路，一定有個道理，妳總不可能不為什麼，一走就走七八公里路吧。」

「是不為什麼啊。」她答。

嘴上那樣答著，心裡卻開始為這件事兒尋找定義。

為什麼喜歡在大太陽下走著，追著地上自己的影子前進？為什麼每邁出一個步子，心中總是滿溢著莫名的期待？這既是在逃避也是在追尋，因為大自然容得自己隨意進出、隨意詮釋，也唯有廣闊的天地才承得住一顆年輕的心對人生吶吶不能表述的期待。

激情總是存在四面牆之外，夜雨叩窗的夜晚，軟枕軟被自然叫人愜意，卻失去了許多雨打芭蕉水漫腳背的意趣，錯過了許多雷電霹靂的激情體驗。房子圍困思想、阻擋視野，只有遊弋於藍天綠野之間，才能真正領會時空的其闊無比和長流不息。

兩人一路走一路談，耀華很快知道他是個兩度落榜，正準備再度重考的「高六生」，因為先天性心臟病，他被免去了服兵役的國民義務。跟耀華一樣，他也是個無可救藥的書痴，只要打開一本書，逼人的現實就節節潰退，他也就成了那座偉大的精神殿堂裡的儲君，那種時候，他會像一只春風裡的風箏，高高地翱翔在塵世的總總煩惱之上。

那時大學聯考已進入倒數計日的階段，教室裡逐日減一的數字叫人觸目驚心，耀華對是否能擠入那扇窄門一點把握也沒有。她不知道Ｋ心裡是怎麼想的，因為他從來就不提一日逼近一日的聯考，好像不去提它，它便不存在似的。談到後來，耀華忍不住問他：「你還有心情讀閒書啊？」他避去了她的眼光，臉突然紅了，久久才答道：「我拿自己沒辦法。」他眼光回到她臉上，輕輕釋了一口氣，「我沒辦法不看那些書。我通常把教科書拿出來翻了幾頁，覺得太無趣了，就換上一本小說、詩集什麼的，讀了幾行就把別的事情都忘光了。我真的一點辦法也沒有。我實在應該跟我爸爸媽媽說清楚，讓他們明白我是怎麼也上不了大學的了，讓他們早一點死心，」他在原地站定，臉又微微紅起來：「我一直沒敢講出來。」

「你為什麼不跟他們講明白？」

「因為我喜歡現在這樣子，做個不用上學的學生，一個人住，讀自己愛讀的書。我讓他們以為我在準備重考大學，其實我很少唸教科書，我對上大學從不抱希望。」

對他的告白耀華並沒太感意外，在認識他不久後，她就做過那種猜測。「你能這樣耗多久呢？假如你今年再考不上，他們總要逼你去找工作了吧？」

「是啊，去找工作，但是能找到怎樣的工作呢？」

這個問題耀華經常要去想。考不上大學怎麼辦呢？去當店員，沒有顧客上門時，可以躲在櫃臺後面讀一段卡波堤的《冷血》？去當車掌，在站與站之間讀幾頁史坦貝克的《令人不滿的冬天》？去山上或海邊當代課教員，在上「說話課」時，為小學童們誦讀一段《格列佛遊記》？不，事情不會這樣盡如人意的，她陰悒地想，覺得K與她的前程都非常黯淡。

10.

有段時間單胞藻的媽媽把她的日班和他爸爸的夜班對調，據單胞藻說，他媽媽發現他爸爸夜間守水果攤時，經常被幾個專在客運站附近出沒的郎中誘拐參加聚賭，非但無心做生意，還經常把攤子的流動資金輸個精光。那幾個郎中白天不敢出來活動，光天化日之下搞流動賭場，諒他們還沒那個膽。

三個女生與單胞藻的媽媽同性相斥，她在家的時候，她們就不太願意登門。她的臉是瘦的，聲音是尖的，一雙眉毛像兩支禿刷子，眼睛的光澤被一層雲翳遮沒了，盤在腦後的髮髻亂繭般的一團，二十歲時，人家把她看成三十歲，等她一上了四十，人家就再也看不出她的年紀有多大了。她很少出聲，知道自己的聲音會刮人末梢神經，但是只要她一開口，便能將周圍所有人的聲音和市聲一起壓下去。她一向站得挺直，好像如此可以增加身高似的。

每一回她們在單胞藻的閣樓上嘯聚，他媽媽總會聞風而至。她爬木梯時幾乎可以不發出任何聲音，於是她總有機會看到三個女孩子最放浪形骸的那一面，包括和她的兒子合抽一根煙，或倒騎著椅子口對口猛灌汽水的德性。

她從不批評她們，從不。相反的，她總是滿面笑容，那種笑容是遍佈整張臉的，裡面還有折紋，還有皺紋，還有螺旋紋，像有人往池面丟了一顆又一顆石子似的。三個女生望著她的臉，又望著單胞藻的臉，發現它們之間有很多有趣的共通點，尤其是那一臉天老爺惠賜的皺紋，更時時刻刻強調著兩人的血緣關係，原來單胞藻是個所謂的「出窩兒老」，他打一出娘胎，就是個三公斤重的老頭兒。

單胞藻夾在他母親和三個女伴之間，精神有些不勝負荷，他尤其不喜歡他母親跟那幾個女生說話時，討好、刺探的口氣，到底她是個長輩啊，該有些長輩的自尊自恃才是。

單胞藻媽媽暗自懷疑著三個女孩接近自己兒子的動機，三個女孩看起來都比她兒子健壯、血氣足一些，雖然是弱性，但是這點不可靠，假如這三女對一男的交往有一方面要吃虧，恐怕還在自己兒子這一邊。這樣想著，她不由得赤著那雙小腳丫子摸上樓去了。

她懷裡揣著一個爬滿鐵銹的餅干盒，笑盈盈地當著三個女生的面打開來，原來裡面收藏著她這半生最珍貴的照片。五歲大的單胞藻是個瘦弱的細長腿的孩子，他的臉充滿渴望，有一雙跟他媽媽一樣的大眼睛和孤寡的下巴。另一張照片中，他用胳膊抱住她的一隻大腿，他是那樣瘦小，襯得她出奇的高大。

耀華又想起了單胞藻的爸爸，單胞藻有好幾面也竟那麼神似他爸爸。使她感覺詫異的是，兩個在外貌上毫無相似之處的一對夫婦，竟然那麼自然地調和在一個小人兒的面孔或身姿體態之中，渾然而成一體。每回她搭客運車，碰到那種被雙親夾著坐在兩人之間的小娃兒，她總要在他們身上尋找父系母系兩方面的遺傳特質，起先把小娃娃和母親比較，發現彼此間十分肖似，又把小娃娃和他父親掂量一番，仍然覺得其中的血緣關係無可置疑，於是再一次觀察夫妻兩人，卻覺得他們又是那麼迴然不同，不由得驚歎起遺傳的神祕、飄忽，認為這也可以歸類於造化弄人。

單胞藻的媽媽仍然在閣樓裡。她拿出另一張已發黃的照片，講起單胞藻如何在一隻貓的尾巴上綁了一只鋁質的漱口杯，然後看著牠懊惱地不斷轉身追逐那只漱口杯，從中獲得一種童稚的樂趣，「鬼頭鬼腦，」她用食指點點自己的太陽穴，然後站起來，把攤在書桌上亂成一團的照片細細收拾好，按原來的順序擺回那個生滿鐵銹的餅乾盒子裡，肅穆著表情下樓去了。

很快的，耀華就發現單胞藻的媽媽並不真的把她們三個當成兒子的損友，相反的，她似乎在年輕人的友誼中看出了些靈祕的詩意與浪漫來。她慢慢地把自己的存在，由監督轉變成分享，每當年輕人在討論文學時，她會歪著頭，停下手上的動作凝神傾聽，當單胞藻的意見明顯地壓過了同儕時，她總是一臉忍不住的笑意。這個目不識丁的當水果販的母親，一定相信她的兒子將來必然會有一番輝煌的學術事業。她不拜金，雖然她的職業在旁人眼中並不怎麼體面，卻日日大發利市，但她崇拜的是她兒子那個用書砌成的世界，她大概當真相信其中有黃金屋有顏如玉，有一個兒子可以用來榮耀他母親的一切。

講到單胞藻那些書，他對它們的忘我勁兒，那真是只有老處女照料盆栽的熱情才可以跟它相比。那個專屬於他的小閣樓，三面半的牆面都請木匠釘了固著在牆面的書架，那些書架都是由地板直達房頂的，一排又一排的書就密密實實地嵌在裡面，有如第二層牆面一樣。耀華去找單胞藻時，泰半會撞上他正拿一塊潔白如新的抹布拭擦他的藏書，他一本一本把它們從書架裡抽出來，先用濕抹布把外皮拭擦一遍，再用衛生紙吸掉那點濕氣，像在為孩子洗臉，有些時候，他甚至還會輕輕拍一下書的封面，像個慈母以拍撫孩子的臉頰來表示嘉許一樣。那一連串機械化的動作，好像給了他的精神一種奇異的安定作用，甚至暫時治好了他神經質的多話。

他對他那些藏書的虔敬心理，具有一種感染力，看到單胞藻在給書洗臉，碧良這個他理所當然的在野黨，也會欣欣然地充起副手來，匯入與單胞藻一式的節拍之中，而惠惠更是忙不迭地奔跑於閣樓與主屋之間，幫他們把已不再雪白的抹布在樓下浴室裡搓得一塵不染再雙手奉上。

只有耀華一個人遠遠地立在牆角繼續看書，她心中很有些兒不屑單胞藻那種為物所役的行徑，老帶著夷然的笑看他們三個火熱地忙成一團，「快快把書搬進腦袋裡，就再也不用擦它們了。」她偶而會這樣點醒他們一句，一邊為自己的超逸與逆俗而自喜。

嘴上那麼說著，可她心裡卻不得不承認自己是單胞藻藏書癖的頭號受惠者，自從認識了單胞藻以後，她就再也不用挪用訂便當的錢去買書了，面對單胞藻那兒一千多本的文學書，她的雙眼總要冒出翡翠般的光澤。後來直到她考上大學，準備束裝北上時，頭回整理自己的藏書，才發現那百來本被她視為己有的書中，有一半以上是從單胞藻那兒或借或要或乾脆順手拿回家的。

說實在的，像單胞藻這樣一個不肖子，雖然老讓他的父母傷腦筋，但是他在友輩當中總是受歡迎的，他沒有非到手不可的目標要追求，也不受學校功課的牽累，也不需要在大夥玩得正興頭時抽身去給家裡添幫手，所以他的時間、氣力和好情緒就成了朋友們的公共財產，就像每個舊時的市鎮和村莊都需要一塊空曠的場地來搭建野臺戲戲棚，或給賣大力丸的江湖郎中耍拳頭一樣。

11.

除非必要，那一夥絕少上碧良家去，他們不喜歡她父親。她父親是警察局局長，單胞藻認為他的官很大，「我們雙腳走得到的地方，都歸他管。」所以幾個後生晚輩看到他，全都會出自本能畢恭畢敬地稱他一聲「李局長」，「局長」於他，已經不像個職稱，倒像個名字。

他走路的姿態像鵝，嗓音厚實，有些粗嘎，那雙厚重的雙眼皮大眼睛裡永遠佈滿血絲，而且一臉赤癧，頭髮總是用髮蠟打得一絲不苟。他身上老要發散一種濃烈的油燥味，單胞藻認為那種體味只有純粹的肉食動物才會有。

他那口大肚腩，被慎重地用一條局長制服上充滿釘孔的皮帶緊緊扎住，那大肚腩好像也是什麼屬於官方的東西，充滿著權威，單胞藻直覺地認為那裡頭裝的就是民脂民膏，有回嘻笑著當著碧良的面把那個想法說出來了，讓碧良當場變臉，拿大頭皮鞋踢他小腿腿骨。

那個冬日的午後，耀華和單胞藻共騎一輛單車去碧良家找她時，剛好撞上她爸爸躺在日本式房子的客廳裡的榻榻米上歇晌。他脫去了那身制服，只著一件肉色的衛生衣和同色的衛生褲，那身肉沒有了框架，活像什麼軟體動物似的，一部箱型電熱器正對著他泛著一身浮油的龐然的軀體送去一陣陣熱氣。

碧良把大門開了一條小縫，放兩人進院子裡，「我爸爸在睡午覺，」她以耳語的聲量知會他們。正當他們躡手躡腳拐過木質拉門大大敞開的客廳時，一道粗嘎的有如自功率三千瓦的擴音機出來的聲音絆住了他們的腳步：「碧良，把妳的同學帶到客廳來坐啊。」

三人在原地僵立了幾秒鐘，幾乎不約而同地肩膀一塌，垂著頭魚貫朝客廳折回去。

這時李局長的長褲已拉上拉鍊，正開始穿他那件胸口和肩上扛著國徽的上衣，他在三個年輕人面前從容不迫地整儀容正衣冠，直到上衣的風紀扣都扣上為止。三個年輕人則端端立在敞開的拉門前面，像三個正等待訓導長發落的學生。

耀華知道單胞藻下意識地害怕並且憎惡所有穿制服的公職人員，這種恨正是由警察引起的，就寫在他這個小攤販的兒子的遺傳基因上頭。他恨警察，連帶地恨起了所有穿制服的人，到後來單單連制服都恨，並且為這種恨找到了些似是而非的邏輯基礎，耀華由他片片斷斷對制服的漫罵與攻訐中，替他歸納出這樣的結論：制服是庸人的集體標誌，政府需要這些庸人來維持權力的封建制，就給他們發下一式的制服以便統轄，而那些穿了制服的庸人，又以他們那身制服所代表的封建權力，回過頭來打壓善良。

現在這個大塊頭的男人，就在他面前用一層制服把自己的一身橫肉包裹起來，使他自己在片刻之間由一個軟體動物變成一個官方代表，這於單胞藻簡直就是一個奇觀。「歐吉桑，」這是單胞藻奉送給每個同性長輩的尊稱，「您的制服看起來真是帥氣。」

「這是警察局局長的制服，」李局長傲岸地說，「我是警察局局長。」

單胞藻小心控制好情緒，用一種微妙的諷刺性口吻應道：「的確很像。」

但是那句充滿玄機的話，對李局長那樣的人確實是太高深了，耀華認為李局長是把它當成恭維話聽的。

一陣靜默之後，他從榻榻米上巍巍然地站起來，眼光在單胞藻臉上多停留了幾秒鐘，說：

「你看來很面善，我常在哪兒看到你的，說說，是哪兒——。」

「我爸爸媽媽在客運站前面擺水果攤，我偶而幫他們看看攤子。李局長您是不是常常到我們那兒買水果？」

耀華從李局長的臉看到單胞藻的臉，瞬間把兩人間的故事情節串起來。那個小鎮的警察局長正怪自己的眼睛太鈍，沒在第一眼就認出眼前這個一身瘦骨的小痞子，這小痞子好生面善，原來他偶而會幫他父母守水果攤，這小痞子當真有本事六親不認，每回警察局局長駕臨他的攤子選水果，總是每毛錢都算足，而且還敢把一些爛了心的蘋果和水梨塞給他。而那個小痞子知道李局長已經認出他來，乾脆站到亮處來講話：「哎呀李局長我想起來了，您常常到我們那兒挑水果，您都只挑進口高級水果，五爪蘋果萬壽蘋果日本水晶梨美國加州李啊，」他拍一下自己的大腿，「您一穿上局長的制服我就認出來了。」

碧良注意到單胞藻連用了兩個「挑」字代替「買」字，覺得他說的話再也聽不進耳朵裡去了，就把臉別向院子。

艷陽天的午後，院子裡樹梢上的葉子都沈沈垂著，風一絲不動。耀華撩撩額頭的一縷髮絲，免得它飄入眼睛。

這時李局長已穿好皮鞋，鐵著一張臉走向玄關處，他斜了單胞藻一眼，突然說：「跟你爸爸媽媽說，別只管賺錢，衛生也得講究，客運站前面又髒又亂，那些擺攤子的要負最大的責任。」話說完便拉開他家那扇木質大門出去了，三個年輕人耳中仍然迴響著他沈沈的腳步聲，眼前依舊留有他那張佈滿赤瘰的窄腦門寬下巴的臉龐的殘像。

「你真英雄，我服了你了。」碧良瞪了單胞藻一眼，突然提高聲音嚷：「你到底在表演給誰看啊？」

12.

蔡惠惠第一個發現李碧良鬧戀愛了。碧良這一陣子老是一臉晦澀而深思的表情，她變得寡言而且離群，同夥另外三個人已經有兩個週末不曾與她碰頭了。

「她認識了一個男孩子，」惠惠這樣告訴耀華，「但是她覺得那個男孩子並不在意她。」

「她最近常常去找那個男孩子，」惠惠又說，「我知道他住在哪裡，有一次碧良要我陪她去找他。聽說那房子是他一個親戚的，他親戚搬到臺北去做生意，那個房子空著，他便一個人住進去了。他在準備重考大學。」

耀華猜想自己也認識那個男孩子。她慫恿惠惠帶她去那個男孩子的住處。兩人背著書包走出鬧市，朝學校的方向走，經過了軍公教福利中心、鎮公園和大操場，轉上省立中學前那條大馬路，走了三百多公尺後便轉上一條田間的小路。那條小路很長，與小路平行的是一條人工大圳。曠野了無屏蔽，金黃色的陽光直直照射下來，偶見路旁一兩棵木麻黃，樹下也都只有淡淡的影而沒有陰。

惠惠把耀華領到深藏在田野中的一棟水泥房子前面。那是一棟普通的農舍，老舊的磚牆都已泛了白。矮牆裡細竹絲搭的木架上掛著幾株被烈陽逼垂了頭的番茄，那零零落落的果實呈現焦褐的色澤。

耀華注意力很快被東牆根那棵風華非凡的玉蘭樹吸引去了。在樹下那口廢棄了的水井旁邊，擺著一張破藤椅，上面壓著一本看了一半的書，耀華好奇地移步朝那兒走去，看到那本書封面印著《撒克遜劫後英雄傳》。那本翻譯小說是卡夫卡不久前才買的，記得他告訴她那本書的譯筆很差，「沒辦法，因為目前只能找到這個版本。」

「柯武克！柯武克！」耀華用雙掌圈起一個擴音喇叭，對著屋身廣播起來。其實她和卡夫卡也還沒熟到可以如此闖上門來連名帶姓叫陣的程度，但是她有一種直覺，認為碧良人一定就在屋子裡面，果真如此，卡夫卡非但是個朋友，同時也是朋友的男朋友，基於這兩重關係，她就可以對他這般沒規矩。

正廳的大門本來就敞開著，這時探出一顆頭來，是卡夫卡，他一張臉漲得通紅，隨即腼腆地對著兩個不速之客笑起來：「妳們怎麼知道我住在這裡？」

「說魔鬼，魔鬼就到了。」這時又探出一顆頭來，是碧良，她的反應比卡夫卡熱烈多了，她一面說一面從屋子裡蹦出來，懷裡還抱著一隻虎斑紋的小貓，「正當妳在外面喊他的時候，我正好說到妳，妳的聲音把我們嚇了一大跳，好像是我們從空氣中把妳變出來似的，」碧良喋喋不休，她抱著的貓兒在那一陣騷動中，從她懷中掙脫開去，一溜煙不見了蹤影，「他說他認識了一個畢業班的女生，那女生三兩天就到文昌書局去罰站，我問他那個女生的名字，他說他不知道，我問他她的長相，他說了幾個字，我想想他怎麼說的，」碧良眼睛直直地盯著耀華的臉，好像在這之前她從來都沒注視過那張臉似的，「他說，瘦、白、雀斑，還有一雙很黑很亮的眼睛。他倒是很會抓住一個人的扼要。」

耀華感覺碧良那些話中帶點兒醋意，發現碧良當真戀愛了。那當兒卡夫卡一直靜靜站在一旁望著她們三個，似乎沒有意識到自己主人的身份，直到耀華開口跟他要一杯白開水喝，他才大夢初醒，把兩個來客讓入屋子裡。

知道他是碧良那個校園美女的心上人，耀華第一回以看一個同齡異性的眼光看他。他個子很高，起碼有一百七十五公分，皮膚異常的白淨，是帶點透明的杏仁黃，兩眼長得很近，眼珠子又黑又大，鼻子短而挺直，配上一個唇形非常柔和的嘴巴。上唇顯現了一片粗硬的鬍鬚渣渣，湊近些看他時，發現他下巴和腮幫子也有片青濕濕的影子，猜想他如果留起長髮和鬍子來，大概就是所謂捲毛連鬢鬍，耀華心裡咬定這是摻了某個不相干的民族的血液的證據，一般中國男人上唇與下巴的鬍子是不連在一塊兒的。

他的整張臉都很孩氣，就只有那匹被刮得乾乾淨淨的連鬢鬍屬於一個男人，這突兀又醒目的性別符號，使耀華的眼光不敢在上面久留，倒是那雙黑眼睛吸引著她，就是那雙眼睛使得他看起來像來自一個遙遠而神祕的民族的人。

小門小戶的房子進深淺，每個房間都能充份採光，門窗的色漆早已被風風雨雨泡得斑剝陸離，唯有卡夫卡正佔用著的那個左側的廂房有修繕的痕跡，柚皮夾板把那個房間隔成書房與臥房兩部份。一張洋鐵單人小床還有八成新。書桌擺在窗下，抬眼可以望見前院每個角落的景致。窗前橫過曬衣竿，上面掛著幾件毛衣和一條牛仔褲，給了人一種尋常日子正過著的故舊感。

卡夫卡的藏書比耀華預期的還要少，書桌上除了兩三疊高中三個年級的教科書外，就是些字典、辭典、手冊和文法大全。她草草流覽過他的書桌後，終於明白他耗在書店的時間比誰都長的理由了，原來大部份的書都是他站在書店從第一頁讀到最後一頁的。

「你們兩個怎麼認識的？」耀華問卡夫卡。

「在文昌書局。」卡夫卡答，「她也去那裡看書。」

「你所有的朋友都是在文昌書局認識的吧？」耀華笑著問。

「他也知道單胞藻，只是沒跟他說過話，」碧良熱心地替他回答，「他也認識大學生李雁哲，大前天他還和大學生一起去媽祖廟後面那家麵店吃大滷麵。」

耀華已經很久沒有與大學生碰頭了，最後一回與他到河邊散步，他提到為了從商學院轉到文學院，跟自己的父親起了大衝突，「我不想從商，讀四年商學院對我有什麼意義？」他引述他對自己父親說的話給她聽，「他反問我為什麼不想當商人，我回答他，對於賺錢這一件事，我是既沒天份又沒興趣。他又問，沒錢你靠什麼活命，我告訴他，讀文科也不就保證我將來一定要受窮受餓，再說窮一些有什麼大不了的。這下他發怒了，他說就因為他沒有使我們一家人少一口飯吃，才會養出我這種滿口文學藝術卻不知道一斤米幾毛錢的傻子。」

耀華自己是個天生的文科生，沒有能力讀別的科目，但是她想像自己被逼著放棄讀文科，只為了今後的飯碗而讀一門毫無興趣可言的科目，她大概也會鬧家庭革命的。

「大學生還沒走啊？」耀華問卡夫卡。假如他這時候還沒回學校去，恐怕他當真放棄他商學院的功課了。

「他還沒走，」卡夫卡說話了，「他不想回學校。他說他想準備轉系考試。轉系不成，轉校也可以。他說他真正想唸的是歷史。」

耀華心中微微有種失落感。大學生終究沒去找她，她一直以為她是他唯一的知音哩。當他面對人生的轉捩點時，他選擇傾吐心事的人竟是剛剛認識不久的卡夫卡，而不是她。在他心中，她只是一個極普通的朋友罷？

「那麼他要到哪裡去呢？」耀華問。

「他說他想先住到我這裡來。」卡夫卡說。

耀華這下當真吃驚了。這一天的發現可真不少。首先證實了碧良正戀愛著的人是卡夫卡，又發現卡夫卡也認識單胞藻，也認識大學生，接著又發現大學生準備把卡夫卡這處可以離群索居的小農舍當成臨時的避難所。她兀自笑了起來，物以類聚可以算成一條黃金定律了，我們的朋友經常同時是我們另外一些朋友的朋友，朋友的朋友原來就是我們自己的朋友。也好，很好，她想，如此一來便可以把這個空漠的世界縮得小一些，免得我們在其中感到迷失。

13.

自從大學生悄悄躲到卡夫卡那兒去隱居後，三個女生週末的聚會點，便由單胞藻家的閣樓改成卡夫卡寄住的田間農舍了。

單胞藻有兩個週末沒有碰到那三個女生，心中有一大塊地方老是空著。那個星期六下午，他跑到全校高三學生一起接受模擬考測驗的大禮堂外面等耀華。晚秋時節，校園依舊茂草萋萎，西風卻吹得人心都荒了。他背貼著一棵楊柳的樹幹坐下來，抬頭只見一片黃綠交錯，細細看去，柳葉大部份已轉黃，紛紛飄落地面，這景象多少使他感到對時光流逝的畏懼，感到生命的緊迫，他想到不久後自己也要面臨聯考的汰選，被刷下來後就得馬上去當兵了，而當兵可是他生平最害怕的事，那是專門設來整他這種人的地方。

耀華繳了卷子走出禮堂時，一眼看到背貼著楊柳樹幹，兩眼望著虛空，心臟部位壓著一本詩集的單胞藻。他顯得心事重重，活像個隔日要嫁閨女的老漢。兩星期不見，他態度生份了，「張耀華，妳過來一下。」讓他這樣連名帶姓地喊，她聽了覺得刮耳，他從來是阿華阿良阿惠稱三個女伴的，她不知道他之所以要改變對她的稱呼，是因為在心理上他早已是個被拋棄的人，她們沒去找他，他就以為她們已甩了他。

耀華走向他，想起這些日子沒來由的與他疏遠，覺得非常抱歉。他待她們三個都好，太好，簡直到了任她們予取予求的地步，她們在他的私人天地進進出出，來了，他只有歡迎，走了，卻不能也不敢挽留，她們渴了他送喝的，餓了送吃的，提到想看哪本書，下回就會在他小閣樓的書架上找到，在耀華印象中，他從沒跟她們三個說過「不」字。

「模擬考考得怎麼樣？」他正色地問，「上大學有希望嗎？」

耀華忍住一股笑意，她已習慣了一個神經兮兮、言不及義的單胞藻，一旦他嚴肅起來，她就覺得他是在學樣或做戲。「考得很好，這種成績上臺大肯定沒問題。」她存心逗他，也用嚴肅的口氣吹牛皮。

他終於笑出來了，那笑聲像什麼堅硬的實物一樣，被喉頭噴出來的一股氣從緊緊抿住的嘴唇後面推送出來，聽起來倒像猛爆的咳嗽，「妳上臺大，我替妳當四年書僮。」

她臉上帶著笑，出奇不意地踹了他一腳，他顧不得校園裡的眾多耳目，把挨踹的那隻腳提得老高，發出連聲「該該該」的慘然的吠叫聲。她走離他幾步，下個評論：「聽起來很像一隻受傷的小土狗。」

週末下午的校園，就剩下高三四個班級參加模擬考的學生。耀華不想跟熟同學打招呼，在單胞藻去車棚推他的單車時，沒聽他的吩咐站在校門口等他，卻逕直穿過馬路，走到對面的公園裡，尋一張石凳在寒風中坐下來。

幾分鐘後，就見單胞藻騎著他那輛老舊的單車從校門口拐出來。他四下張望了一遍，不見耀華的蹤影，臉上掠過一抹失望的表情，馬上從單車上跳下來，把單車往旁邊七里香樹籬一推，便倉皇地在校門口奔進奔出，像一個在鬧市與母親打散了的孩子。

她故意不作聲，就那樣遠遠地觀察他。他總是在尋找朋友，更多的朋友，或靠得更近的朋友，因為他無法自得其樂。他的才藝是介於一個頹廢詩人、一個脫口說諧星、一個江湖郎中之間的，或者是這三者的綜合，而不管是這三者中的哪一種人，都需要觀眾，假如還能要求得更多一些，這三者都需要知音。

他曾經有過很多不同的朋友，每回交上了新朋友，他都興奮得要命，但是後來卻會發現那些人不配，不配聽他的妙語和警句，他在他們當中，甚至比獨自一人時還要孤獨，使他老要想起哪個作家的哪部小說的卷首語：總是這樣的，當你到達那裡，那裡已經不存在了。總是這樣的。

然而眼下這個三加一團夥不一樣，三個女孩都有顆詩心，還個個聽得懂他即興創作的笑話，就拿三個當中比較遲鈍的蔡惠惠來說吧，他說過蕭伯納講笑話時他老婆就開始打毛線的軼事給她聽，她問為什麼蕭太太要打毛線呀，他說否則蕭太太就會用空著的雙手掐死蕭先生了，她馬上下了個結論，蕭先生的笑話要不是不好笑就是老重複。以後他一講笑話，蔡惠惠就威脅他，「你再講笑話我就要打毛線了。」

「單胞藻！」耀華揚著聲音喊他，心中有著溫柔的牽痛。

他把單車騎進公園，春風滿面地對她吹了一聲口哨，拖著尾音唸：「小姐小姐別生氣，今晚帶妳去看戲，」每回他要那三個女生中隨便哪一個跳上他單車後面的書包架來個單車雙載時，他就會唸那首從他口中出來就蠢得半死的童詩。

當耀華把書包抱在懷裡，終於跳上他單車的後座，一手抓住書包一手握住他那瘦仃仃的屁股時，他又拖著尾音唸：「小姐小姐別生氣，今晚帶妳去看戲，我吃香蕉妳吃皮，我坐板凳妳坐地。」

「你配！」

「我配。」他答。

「蠢蛋！」耀華說著大力拍了他屁股一下，他馬上接口：「你好嗎？」把蠢蛋這個罵名當下回敬給她。她掄起拳頭擂了他的腰側一記，他就「該該該」連聲慘叫起來。

他是習慣性的貧嘴，因為害怕冷場，所以總要發出些聲音來把氣氛弄熱，耀華想，但生活裡並不總是有值得一談的事，即使偶而有些獨得之祕，一旦化做語言，意義也就流失了或變質了，然而他從來沒有悟出這一層，而且極可能一輩子也不會領悟。「小姐，妳想上哪兒去？」他沒等她回答，又逕自往下說：「到老地方，我的臥房，妳說怎樣？」

這種毀人名節的話她簡直聽不下去了，氣得從他單車的書包架跳下來，走了幾步，想想覺得他說的也沒錯，他的閣樓也就是他的臥房，擺在裡頭的那張鐵架床還是雙人份的哩。說是「老地方」也沒錯，除了她自己的家外，她還曾在什麼地方耗過比在他的閣樓更多的時間呢？

他跟著從單車上跳下來，他知道這回他的話已經逾越兩人間的安全距離了，「不到我的臥房，難道要到妳的臥房嗎？我怕妳爸爸。」有時他還真是控制不了自己的幽默神經，等到話已出口，看到她眼底有雷電一閃，他發現要追回來已太遲了，於是開始亡羊補牢：「不不不，臥房那類的地方我們一處也不去，小姐，這樣總可以了吧？」

「如果你下一次再開這種玩笑——」

「妳就踹我、踢我、擰我、揪我、蹬我，或者乾脆不跟我計較。」他馬上一疊聲地替她往下說。

她賭氣不再理睬他，他便溫良地推著單車傍著她往前走。他這個人是種甲殼動物，外頭硬裡面軟，只要能刺透他罩在外面的那層厚厚的防護鎧甲，就會發現他幾乎是不設防的，朋友們可以任著性子割他宰他。

「我車妳回家吧。」他終於忍不住又開口了。

「我不想回家。」她決斷地說，想起最近老登門，而且久留不去的那個騎機車串門走戶賣凍頂烏龍茶的女人，她心中就感到不舒坦。她父親喪偶後身邊從沒斷過女人，但是從前還會避避成長中的女兒，現在連這一點他也不去費神了。那女人在家裡進進出出有好長一段時間了，第一回在她家留宿，當耀華撞見她穿著一套粉紅色的睡衣從浴室裡出來時，她竟窘得反身再縮回浴室裡去，並當著耀華的面把浴室的木門大力壓上。耀華既鄙視她又可憐她，那是個骨骼粗大、脂粉不施的鄉村婦女，想來搞姘頭於她自己也是一件可羞恥的事。耀華知道自己永遠不會是個哲學家，可以在面對同類可嗤可笑的行事時還怡然自得，當那個鄉下女人因羞窘而躲回浴室裡時，她腦中不期然想起了畫家梵谷接到弟弟提奧寄來的幾個能付顏料費的法郎時的感慨：「生活的顏色，好像一桶骯髒的洗筆水。」一桶骯髒的洗筆水，是的，裡頭包藏了多少穢物與油垢……那女人老是送些她父親喝不起的高級茶葉給他，說是讓他品品，他經年累月地喝她的樣品茶，沒想到那是個餌，可被釣的人果真是他嗎？

刻下的她，正被不滿意整個世界，更不滿意自己的心情煎熬著，為她的生活婉惜，它過得那麼快，那麼沒意義又沒趣味，人生還在上坡路段，可她感覺自己已看穿了整個佈局，這念頭叫她心頭壓上一塊鉛餅，臉色就跟著暗下來。

見單胞藻又騎到單車上面，她也輕倩地跳上後座：「走，我帶你去一個地方，先別問我那是個什麼地方。」

「我知道妳要帶我到哪裡去。阿惠告訴過我了，妳跟阿良都有了男朋友，那兩個男的還住在一起呢。」

「你只說對一半，不過你有胡思亂想的權力。」她拍他的屁股，要他踏單車賣力一些。

他們果然在卡夫卡那兒找到了李碧良和蔡惠惠兩人，當然還有單胞藻不大情願碰到一塊兒的另外兩個男生。兩個男生都是那種性情內向，像蝸牛那樣老往自己的殼子裡縮的人，這種性情也許是單純的遺傳的產物，但也可能是一種精神的返祖現象，返回到人類遠祖尚未掌握群居生活的訣竅，還各自孤零零地蟄伏在自己的洞穴中的狀態。

單胞藻在院子裡蹓了一圈，誠心誠意地為自己家那個小閣樓而自卑起來。這兒天開地闊，更重要的是，不見那類俗名叫父母的動物的出沒，在這種空氣裡泡久了，不長身高也要長體重，說不定還會長出詩眼哩。

他看到的景觀與耀華頭回來時已大大不同。耀華頭回站在小院中，曾想像過它原來蔥綠非黃的景況，可那當兒蕪草已覆蔽了泥地，只剩下卡夫卡進進出出踩踏出來的一條通往廳堂的小徑。東牆根那棵枝茂椏盛，冠大如蓋的玉蘭樹，濃蔭匝個一地，樹下那口廢棄的水井，上面放了一個用三塊波浪紋溝都磨平了的洗衣板拼成的井蓋，水泥鋪的井臺上，落滿了棲息在上面的鳥雀星星點點的糞便。西牆那邊有一個木結構波浪瓦頂的雞舍，已半掩埋在深草之中，經常飛來些黃口小雀在那兒自在的歌吟與跳躍。

卡夫卡閒時也有農稼的衝動，在小園中種些菜頭菜腦，但顯然不以收穫為目的，往往播了種之後就任其自生自滅。西邊的那半截竹籬也是他親手編的，幾根手腕粗的木樁用磚頭打入土中，再用不知他打哪兒找來的竹片與繩頭編就籬面，疏疏一截，純粹象徵性質。

那三個女孩開始在那兒進出之後，便在破籬笆上種了一架牽牛花，大學生住進去時，看到的已是藤絲蔓延的景象，想像著再過一個季節，小院便有一道綠色的屏障，再添些粉紫色喇叭形的花朵，黃昏就會來得晚一些。

牽牛花之後，竹籬前又多了幾行番茄來。她們手腳勤快，巧於構築，而且似乎把這兒當成她們天長地久的家園，以母親照料新生兒的熱情與審慎，去照料她們新闢的花圃與菜園，從而獲得一種守護生命成長的女性樂趣。

單胞藻很快就在那兒安身立命起來，他自己也暗自奇怪著竟然沒跟另外兩個男生同性相斥，相反的，他還竟有些喜歡他們哩。他坐在廢井旁玉蘭樹下那把破藤椅裡，遠遠看著三個女生在廚房裡忙活，那屋頂上裊起的白煙，使這棟遠離人煙的小農舍更添人間的情味，那炊煙沒入黃昏的輕陰裡，飄蕩在晚風中，像誰往空中撒了一把輕紗，捉摸不住，撩撥不開，就像他初識愁滋味的少年心情。

14.

三個女孩子是遊牧民族，哪邊草兒綠風景好就往哪邊移。為了能跟她們呆在一起，單胞藻也不得不隨她們移陣到卡夫卡與大學生寄住的老農舍去。在別人的天地裡，他那張源源不絕的嘴突然靜下來，也學三個女孩子那樣，屋中找張椅子一角把自己安頓下來，不是胡亂翻書就是瞪著眼睛構思一首尚未成形的新詩的韻律和意象。有一回耀華看到他反剪著雙手，站在正廳敞開著的大門前，歪著頭研究些什麼，她在他身後站了幾分鐘，發現他尋思的是門楣上那副對聯被風雨打糊了的兩個字：

鳳鳴春日□

龍□海雲高

卡夫卡房間的玻璃窗上掛了一幅勾花的白帘兒，那是碧良的手藝，玻璃窗有了這層屏障，屋裡的人能看清楚外面，外面的人卻一點也看不見裡頭的人。單胞藻心中為此很來了點醋意，他這一輩子大概永遠不會有任何一個女孩子會為他送這類小殷勤罷。他還發現，戀愛中的女孩子會有的小動作，阿良全都有，她開始幫卡夫卡洗衣服、縫被子、送維他命與全脂奶粉，然後有事沒事，就用那雙迷迷瞪瞪的大眼睛瞅著卡夫卡。

奇怪的是卡夫卡那頭卻沒有特別的反應，至少沒有單胞藻預期該有的表現，他既沒有先在肚子裡裝滿詩詞歌賦，在阿良面前一口氣從李後主背到徐志摩，也沒背著人偷偷吃下三部大英百科全書，一逮到機會就從天文地理、文學藝術、軍事政治，談到猶太復國與拿破崙的大陸計劃，不時妙語連珠警句迭出，直叫她服得點起頭來有如小雞啄米一樣。不，他彷彿沒有看到那女孩眼中那兩星灼灼的光，和她那些不能自已的影子話。單胞藻搞不懂他如何抵擋得了她眼睛裡頭變幻不定的快樂與哀傷。

另外一對也被他和阿惠假設成戀人的大學生和張耀華，則根本沒有出現任何談戀愛的外部癥候，除了《圍城》裡方鴻漸所說的「借書乃戀愛之始也」這個開頭外，再不見其他後續動作。大學生住在正廳另一頭的房間裡，房間後窗的陽光被一篷綠傘似的番石榴樹蔭著，終年悶著一股潮味兒，只有近黃昏時，夕陽斜射進後窗裡，才驅走一些陰濕之氣，在裡頭耽多些時間，心靜下來，就可以聽到大廳老座鐘單調地走著……。大學生常常把自己關在裡頭看書，看累了就沒完沒了地彈吉他。單胞藻喜歡聽那沈沈的弦音，它會叫人的心跟著它顫抖起來。

聽吉他的人裡頭，就數耀華最是「聞弦歌而知雅意」。大學生知道她最愛聽哪些曲子、愛在怎樣的心情下聽怎樣的曲子，每每手指一撥尼龍弦便匯入了她的情緒節拍。一首「倫敦廣場」做為小農舍音樂時段的序曲大致不會錯，這首曲子阿華阿惠阿良卡夫卡單胞藻全都喜歡，接下來他會專為一個人彈，把「西班牙鬥牛士」彈得歡快倜儻，把「聖母頌」彈得那樣肅穆莊嚴，把「小夜曲」演奏得那麼纏綿悱惻，這些原來都是為小提琴寫的樂曲，但是為了取悅隔牆那雙耳朵，他便把那些音符移至原來為詮釋佛朗明哥舞曲而設計的古典吉他的尼龍弦上頭。

有一回耀華指定要聽舒伯特寫的一首叫「流浪者」的曲子，他手邊沒有那個曲譜，便專程上街逐家音樂社與樂器行去找，回來時非但譜子有了，還帶著英譯歌詞，他和耀華兩個人便頭碰頭各據書桌一角把歌詞譯成中文。

「我帶著痛苦和憂傷流浪，
不斷地問，何處？何處？
此地寒冷，太陽陰暗，花朵無色，生命蒼老。
他們的語言空洞無趣，
走到哪裡，我都是個異邦人。
你在哪裡？我親愛的家鄉，
我尋找，我嚮往，卻從未見到。」

兩人譯詩那當兒，單朐藻進出廳堂，從大學生敞開的房門可以看到阿華一邊思考一邊用原子筆敲著門牙。她雙頰紅潤，早冬時節鼻尖卻帶著汗意，歪著頭在腦中尋找字句時，巴掌一回兒握住下巴一回兒抵著太陽穴。倒是一旁的大學生雙手撐在桌面，一直維持著雕像般靜止不動的姿態，一雙眼睛卻定定地停在阿華臉上，爐火一樣烤出了她臉頰上那兩朵火燒雲。

單朐藻一顆心顫顫的，覺得已窺見了那兩個人內心的一角祕密，並為此感到五味雜陳。他當然知道張耀華不可能愛上他，這點並不叫他太難受，他心中願意就當她是個修女，但是如果旁的男生使她臉紅心跳，那對他就會是一種折磨，那無疑表示對方把他連作都不敢作的夢變成了現實。他知道自己難過得沒有道理，但是他的心是不跟他講道理的，它在胸腔裡堵得他慌。

那個下午每個人都發現單朐藻說起話來特別的簡短與不耐煩，卡夫卡見他一個人兀自坐在正廳大門的門坎上抽悶煙吐煙圈，問了一句：「你心情不好嗎？」他瞪了卡夫卡一眼，答道：「是的。」以他答話的粗率，卡夫卡知道自己多此一問，有傷他諱莫如深的情感。果然他把煙蒂在腳下踩死後，便一言不發地起身，推著他那部斜倚在廊柱旁的單車，走了。

學校開始放寒假時，高三畢業班的輔導課照常上全天，因此耀華有理由每天一大早便背著書包出門去。她從不去上輔導課，班導師找她談過話，她說她到朋友家自修去了，她很坦白地表示，上輔導課比自己按計劃進度複習來得沒效率，加上她早已準備放棄數學一科的分數，實在沒有必要再為它浪費心力。班導師沒有堅持，她強在英文與國文兩科，而這兩科的實力又幾乎全靠她自修積攢下來的，這點他清楚。

大學生簡直不相信世界上真有那種學不來數學的人，「妳讀得通那麼多晦澀難懂的小說，可見妳一定不像妳自己想像的那樣笨。聽我說，數學可能是世界上最好掌握的學問了，一是一，二是二，從不會含混不清。」

「你什麼意思！」耀華起了戒心了，她知道他什麼意思，他想教她數學！哎，她想，人之患在於好為人師，自古有明訓。

「妳給我一點時間，我先給妳一個程度測驗。」他眼睛亮了起來，戀戀地望那個可能私淑他的大女生。

「你教不動我的，我跟你保證。頑石會點頭是句騙人的話，而我就是頑石。」她跳離他身邊幾大步。

「妳沒有把數學學好，一定是沒碰上好老師的緣故，再給妳自己一個機會。」他先從心理建設做起，當真對她諄諄善誘起來。

單胞藻、卡夫卡、惠惠、碧良四個在一旁暗笑起來，對他們四個而言，一個人學得來數學才是怪事哩。「你除非真的有使頑石點頭的能耐，否則就不必浪費你們兩人彼此的青春了。」單胞藻對大學生說，心中多少有些醋意，教女孩子數學，這也是製造近距離接觸的手段之一，而且簡直有些驕其妻妾了。

「不，我不信這個邪，」他走向耀華，當真伸出手來要逮她了，「妳總得先讓我教教看，看看妳到底有多笨。怎樣，妳讓我教一個早上，我帶妳去看一部首輪電影。」

「阿華，算了，那部電影不好賺的。」惠惠警告耀華，她是將心比心，數學課上的兩小時，每回對她都形同一世紀那麼長，一對一被教上半日時間，她覺得會叫她精神崩潰的，換上阿華，也會精神崩潰。

「不，還是謝謝你的好意，首輪電影當然很好——」

「一部妳自己挑的電影，看完電影再請妳吃西餐。」

她動搖了，她腦中浮現自己與大學生在一家茶色玻璃、金色幃幔，地板鋪滿紅色長絨地氈的西餐廳裡，隔著一瓶怒放的玫瑰花對坐傾談的景象。她走向他，馴服地說：「好吧，你開始教吧。」

「她那樣子，像不像正要被推入火坑的少女？」單胞藻在旁邊打哈哈，「知道反抗也沒用，乾脆咬著牙迎向悲慘的命運。」

碧良聽出那個比喻的不倫不類，踹了他一腳，這回他沒有「該該該」地慘叫，他不想在另外兩個年齡相近的異性面前演小丑。

為了做個敬業的學生，耀華安安靜靜地隔著一張桌子坐在大學生對面，她眼光固定在他的人中部位，以集中自己的注意力。卡夫卡大概也想趁機測驗測驗自己數學方面的智商到底有多低，無聲地站在大學生後面旁聽，單胞藻和碧良、惠惠三個，因為被迫聽課的人不是自己，一旁暗自慶幸了一陣子之後，便各自走開了。不久耀華就聽到那首「波麗路舞曲」在卡夫卡的房間響起來了。

「我喜歡波麗路舞曲。」她自言自語。

大學生用原子筆敲敲她的手背：「剛剛我講到哪裡？」

「用什麼來決定N的大小。」她篤定地答，一面偷偷瞄向攤開的課本，想從上頭獲得進一步的線索。

補習繼續進行，末了卡夫卡也跑掉了。大學生經常停下來，深深望進她的眼睛，問：「妳在聽講嗎？」她沒回答他，她睜大一雙眼睛望著他的臉，表示自己正全神貫注，可不一會兒就走神了，有時她是有聽沒有見，有時她是有見沒有聽。他又問：「妳懂了嗎？」她似懂非懂，所以總是又搖頭又點頭，每一回她那樣做，他就用一種哀傷的目光看著她，像個醫生看一個藥石罔效的病童一樣。

過了正午，碧良到大學生房間去叫他們到廚房吃什錦湯麵時，他面色沉重地推開椅子站起來，「罷了罷了，你能把一隻馬牽到河邊去，卻不能叫牠低頭喝水。」

「電影和西餐我賺到手了嗎？」耀華面帶愧色地問，「你當老師沒成績不打緊，我當學生付出的代價才慘重，我比以前更自卑了，我再一次公開證明了自己是個低能兒。」

他很父兄地拍拍她的頭，然後轉頭對另外幾個人說：「這個可憐的低能兒，卻把《文明的躍昇》、《裸猿》、《二十世紀的意義》這些很多大學生讀不通的書，拿來當床頭書讀，就像別的女孩子讀瓊瑤一樣。」

他們把一張矮桌和兩張條凳搬到廊下去，六個人圍坐一桌吃大碗大碗的湯麵，大學生接過碧良遞過來的麵，像突然記起一件該做卻未做的事一樣，拍額頭叫了起來：「我開始教之前，忘了給妳做程度測驗。」

耀華一聽，慌忙把碧良剛剛遞給她的那碗麵擺到桌子上，「忘了就忘了。再說吃飯皇帝大，你怎能拿那些無關宏旨的瑣事來煩本皇帝？」

「我現在補做，」他忍著笑意往下說：「妳儘量放鬆心情，答題才會有好表現。我開始考了喔——碧良煮了六碗麵，被吃掉四碗，還剩幾碗？」

耀華一開始還以為那是道「頭腦的體操」式的陷穽考題，不敢驟然作答，看著大學生那一臉忍不住的笑意，明白他是藉這個考三歲小兒的問題來顯示她數學智商之低下，便生氣了：「剩下零碗，二十分鐘以後。」說完就埋頭吃起那碗香噴噴熱騰騰的什錦湯麵。

「夠了，算得出這個題目，就可以嫁人和當媽媽了，幹嘛學什麼代數、幾何、邏輯推理呢？」他又笑，大概真的被他自己說服了，「反正以後帶四個孩子出門去，不要只帶三個回家就好了。」

15.

那一天三個女生騎了兩輛單車到小農舍時，發現卡夫卡和大學生正各自背著一個背包，拎上那把吉他，準備出門，原來兩人臨時起意要到卡夫卡山上的老家去玩。大學生指著正廳大門上用膠紙貼著的一張紙條，說：「妳們來得正好，再晚幾分鐘我們就走了，給妳們的紙條都留好了。」

原來兩人昨晚燈下長談，卡夫卡跟大學生提及他山中的童年，提及他以前唸書的那所迷你小學，提及溪谷和小瀑布，大學生聽得好興奮，就跟他提議隔天天一亮便動身上山去他的老家玩。

三個女生都吵著要跟他們上山去，「我可以幫阿華打電話到她爸爸的農藥行去，我們呆會兒再一起編個理由。阿惠爸爸媽媽那兒我陪她回去說一聲，就說我約她到我家唸書，晚上就住我那兒。至於我爸爸媽媽呢，我會自己想個法子對付過去。」碧良上山去玩的意願那麼強，旁人覺得所有的困難在她面前都會迎刃而解。「得買些吃的上去吧？我們有五張嘴要填哩。」

這提醒了卡夫卡，他轉向大學生：「要不要去把單胞藻也喊來，獨獨漏掉他一個，太不夠朋友了。」

碧良和惠惠共騎一部單車上惠惠家時，耀華也出發去單胞藻家找他。她去小閣樓撲了個空，又到客運站他媽媽的水果攤去，他媽媽告訴她，單胞藻到文昌書局去了。

文昌書局是鎮上最大一家書店，離香火鼎盛的媽祖廟不到一百公尺遠，耀華火急風急趕到那兒，果然找著了單胞藻。耀華把大夥決定到山上卡夫卡老家的事跟他說了，他這才抬起頭，闔上手中正看著的那本書，是一本翻譯的詩集，耀華匆匆瞄了封面一眼：《裴外詩集》，她記得單胞藻提過裴外這個名字，說是一位法國現代派詩人，「你到底去不去？」她見他不甚熱衷的樣子，催他快做決定。

「去去去，有她們在的地方就是天堂。」他以自言自語的聲量說，話中的「她們」指的就是三個女生，這是他諂媚她們的一種方式，至於他為什麼要諂媚她們呢？這點連他自己也說不上來。

耀華先走出文昌書店，單胞藻隨後跟著出來了。他從她手中奪過單車的龍頭，說：「我沒騎車子出來，妳坐後面。」

兩人朝他家方向騎去的半路，有一本書從他身上不知何處滑落下來，掉到地上，耀華本能地從單車書包架上跳下來，折回頭小跑步去替他撿回來，是那本《裴外詩集》。當她拿著那本書再跳上單車後座時，心口不由一震，單胞藻剛剛並沒有掏錢買書，他只差她幾步離開書店，他一定是順手牽羊偷走了這本書！

「把書給我！」他用僵硬的口氣命令她。

她把書遞到他伸在半空中的那隻手，已到了喉頭的話又被她硬給吞下去了。她一路無言，想到他這種混合性格的人，是既堅強又虛弱，既富於正義感、嫉惡如仇，又會縱容自己的一些敗德行為，可以做個純潔的人，也可以成為罪犯，一切都隨機緣而定。

到了他家以後，她接過單車的龍頭，用儘可能平淡的口氣說：「快準備一下，帶件厚一點的外套。待會兒到卡夫卡那兒跟大家會合。」她不想上他的小閣樓去了，她幾乎害怕再看到那四壁的藏書。

在往小農舍去的路上，她又想起卡夫卡那件只要不上學便穿在身上的軍綠色大夾克。她一直認為過於豁達或貴族氣的人才喜歡穿舊衣服，她以為單胞藻一年到頭都穿那件顏色黯淡得死老鼠也似的舊夾克，也是出自一種刻意逆俗的心理。她萬萬沒想到那件舊夾克裡還藏著玄機，剛剛那本詩集就是從裡頭掉出來的！

她回到小農舍，大學生迎頭便問：「找到單胞藻了嗎？」

見她點頭，他又問：「單胞藻去不去？」

「他去的。」她答，心裡卻想著或許單胞藻不想去了，這個念頭使她心裡大大難受起來，她這才發現一夥人裡面，最喜歡單胞藻的人大概就數她了，對於他的好他的壞，了解最深的人也是她，但是剛剛發生的那件事，已使她對他的感情起了變化，她肯定自己再也無法像從前那麼待他了。

等到碧良和惠惠又合騎一部單車到來時，大學生就提議大夥上單胞藻家找他，「就在門上留張字條給他，萬一他已出發到這裡來了，就叫他再回他家找我們。」

經過一小塊時間的再三思索後，她開始有些害怕再見到單胞藻了。現在的他又在想些什麼呢？他羞愧他悔恨嗎？或者他以為她什麼也不知道什麼也沒看出來？假如他問心無愧，為戎麼他這個人來瘋遲遲沒有出現在大家面前？

五個人走路出發。大學生和卡夫卡從沒去過單胞藻家，三個女生把他們領到那棟木結構紅磚面帶小閣樓的房子前面時，兩人便在那扇虛掩的大門前止步了，只見惠惠和碧良手拉著手長驅直入，耀華猶豫了一下，也跟進去了。

她們爬上閣樓後，發現單胞藻躺在條木地板上，閉上眼睛諦聽他們在樓下的響動。「單胞藻！你還躺在那裡！全世界的人都在等你一個人！」碧良一疊聲地對他嚷，「我可不可以借你家的電話替阿華跟她爸爸請假？」

「妳打打打，打去美國都行。」

耀華一直冷眼觀察他。天哪，這個可憐的傢伙頭可真大，在單薄的肩膀的襯托下，更顯得大而無當，眼睛太大，鼻子太長，脖根太細，看起來像某種具有攻擊性的怪鳥，她猜想他一定不喜歡自己那副尊容，她也不喜歡。

「你到底去不去？」耀華問他。

「我可以不去嗎？」他可憐兮兮地問。

「你為什麼不去？」耀華又問。

他坐正身子，對她溫和地笑笑，那笑顯得有些沒方向沒勁頭，耀華卻發現她的心口又被那笑燙得暖暖的，她幾乎又跟往常一樣喜歡他了，只是多了層古怪的陌生感。

16.

回想起來，那真像一趟朝聖之旅，十幾年的歲月流逝了之後，耀華仍然清晰地記得那棟山中大屋的格局和屋中的一些零星物件，她同時記得卡夫卡翻過最後一重心巒，眺望那棟被幾棵老樹蔭蔽著的安靜屋舍時，他那雙黝黑的眼睛裡彷彿還藏著他整個失去的童年。

卡夫卡那個三代同堂的大家庭，原本在那支當地人稱做「鳥嘴尖」的深山裡，靠栽植木耳、香菇和醃製筍干為生。第一代人赤手空拳的入山去拼搏，等到第二代人接管生計時，在那地勢不凶不險的深山裡，已起了一棟四平八穩的磚頭大厝，大厝後面又陸續加建了一棟充做豬舍與禽舍的矮磚房，和兩棟茅草頂的香菇寮。卡夫卡是第三代人，他父親這房有三個孩子，他是么兒，他叔叔那房四男一女，最大的剛好與他同齡，也就在他和那個同一年次的堂弟到了學齡那一年，山中成立了一所只有低年級班六個學生的迷你小學，卡夫卡就在那個迷你小學唸完小學課程。

卡夫卡小時候就每天背著書包翻兩座矮山去上學，放學後，再翻兩座矮山回家去。一開始他不敢上學校裡的廁所，怕掉到黑漆漆的化糞池裡，內急時會偷偷跑回家，要是第一節課下課時開溜的話，總要到第三節課開始上時才回得了學校，為了這件事，學校的老師多次走訪他的家庭，但是不管老師和父母如何規勸，他總也改不了那個習慣。

卡夫卡說起那件往事時，他們正翻過一個採石場，走上入山的小路。小路一開頭越上越高，兩旁的地一個淺壑又一個淺壑。接著又是一段緩坡，間或有幾戶人家或一片果園，山路旁的雜木叢裡，偶而會見到幾株野薔薇或美人蕉挺立著，一兩棵高大的松屬喬木，高高拔地而起橫向藍空裡，舉目只見枒杈一片。

他們偶而會交換一兩句話，大部份時間都各自低頭疾行，朝目的地艱難舉步。下了客運車後，他們已走了近四小時山路，早就把白日走成黃昏，西斜的陽光照向山壁、樹叢和起伏的坡地，顯出濃濃淡淡不同層次的光與影，空氣中有一股植物的腐壞味兒，濃得叫人透不過氣來。這座山古老而荒涼，秋天或更久以前掉下來的樹葉悲傷地在他們腳下沙沙作響，樹與樹之間的昏光裡隱藏著陰影。被他們拋在身後的那片果園中，有一隻鳥用微弱的嗓音不起勁地叫了幾聲，牠一定也老了，跟天地一樣老。

在某個山徑的轉角處，忽然聽到背後「啞」的一聲粗嘎的大叫，他們六個人一起竦然舉首，只見一隻黑鳥張開雙翅，一挫身，直向鐵灰色的天空飛去。「是隻烏鴉。這座山叫烏嘴尖山，烏嘴指的就是烏鴉的嘴。」

他們到達卡夫卡的老家時，天已全黑，他們看到的只是一棟黑影幢幢的大屋。直到隔日，他們隨太陽起身，呼叫著跑到前院去迎接山中的第一個日昇時，才注意到房子蓋得很結實，四平八穩地立在一片向陽的山腰平臺上。

可一欺近了看，才發現蟲蛀了房椽，煙薰黑了牆，玻璃窗子蒙上一層灰塵，像一個老人半盲了的眼。但是舉目四望，整個世界生機勃勃，竹子、銀杏、鐵杉、黑松……把各自的色彩與姿態鋪滿了逶迤起伏的山陵，起風的時候，林濤四起，像整座山在深呼吸。屋後就是一條從遠處山坳奔流而下的溪澗，溪水打著旋渦，泛著白沫，喧嘩著往前流去。「這麼好一個地方，竟沒人住。」大學生繞著大屋走了一圈，露出了欣羨的微笑，對卡夫卡說：「你應該給我們每個人一副鑰匙，以後誰想隱居，就可以到這裡來。」

房子的屋身是磚頭與灰泥砌成的，有個鐵皮的屋頂，為了防銹，鐵皮上頭又漆了一層瀝青，據說以前在上頭曬筍干和木耳。房子的間架彷彿已把根牢固地扎入這座深山裡面，成了大自然的一部份，耀華感覺它還可以這樣在原地站上一個世紀，對她而言，一棟房子不倒，也意味著人的一種勝利。

很寬敞的廚房裡，在兩面牆的旯旮裡，擺著一張樟木隔架，放著形形色色的器皿和幾疊蒙著一層灰的碗盤，還有幾口想必是用來醃醬菜的大肚甕。當碧良發現那架老舊的灌香腸機器時，突然爆笑出聲，這個警察局局長的女兒吃到的香腸，大概都是方紙盒包裝的高級禮品。

「以前我們養了很多豬，殺豬時吃不完的豬肉就拿來灌香腸或做薰肉。」

屋子早已斷水斷電，吃過了從山下帶上山的吐司麵包當早餐後，三個男生便得提著幾口大鉛桶到遠處提溪水回來讓卡夫卡做淨水處理，那當兒三個女生便動手清理那個有著一張鋪著八塊榻榻米的大通舖的房間，並且在上頭設置男女之大防。

中午碧良熬了一鍋粥，讓大家就著帶上山的皮蛋肉鬆吃了後，一夥人便出發去探訪卡夫卡唸過的那所迷你小學。

腳下的每一重小山，每一個溪谷，卡夫卡都瞭若指掌，彷彿昨天他還背著書包打從上頭走過。壁立的巉岩好像一道大牆，岩頂上一道瀑布，飛沫四濺地奔瀉下來，落入一個表面浮滿落葉的深潭中，周圍樹木和雜草的影子，使得潭水成為一個黝黑的大口。

他們小心在石塊上顛步，不想踏碎淺水中的樹影。眼前的景觀使他們心神迷醉，痴痴地望著那潭幽靜的深水。這時單胞藻突然拾起一粒小石子，往潭心一扔，只聽得一聲脆響，引起了頂上一群閑鴉的咶咶聲，牠們在虛空中繞著一株倒掛在懸崖上的枯木盤桓。

卡夫卡帶他們走到一片凋蔽的建築前面，只見茂草萋萋、赭牆青瓦，那就是他小學六年唸書的地方了。

後來山裡的人家陸續往平地移，小學學齡的孩子越來越少，在卡夫卡唸國中二年級那年，山中的迷你小學正式關閉。

在一排四個單間的教師宿舍後面，卡夫卡指給他們看一個隱秘的處所，那是個樹洞，一棵盤根錯節的老樹下一個大約有半個成人高度的凹洞，「以前我常在裡頭鋪滿樹葉，然後躺進去，對著天空發呆。」那是個山丘環抱的僻靜角落，襯著一帶暗紅色的斷崖峭壁，它那粗礪的表面是由一層多種不同的攀緣植物織成的濃蔭，帶著些不知名的小花，從嶙峋突起的山岩垂掛下來，給那塊裸露的岩石披上一幅賞心悅目的掛毯。

近黃昏時，風重重地把天地壓低了一半。他們趕忙逃回灰泥和紅磚砌成的大屋裡，隔著玻璃窗看外頭陰霾壓著低空，風聲搖撼著樹影。

一口竹編的大蒸籠裡放著幾十個他們自己捏出來的大饅頭，黃昏的烹煮立即為這棟久不聞人聲笑語的大宅添上了溫輭堪戀的家的氣息。等著吃蒸饅頭時，大學生就彈起了吉他，三個女生把碧良帶上山來的幾大本流行歌曲歌本裡會謅兩句的全唱了一遍，單胞藻聽了老半天，有了個大發現：「全世界的愛情，統統躲到流行歌的歌詞裡面去了，怪不得人們到處找都找不到。」

或許是夜裡睡覺受了點風寒，耀華整日咳個不停，每回她雙手捫著胸口，拿背對著大夥不可遏抑地咳著時，聽在幾個夥伴耳中，也使他們的五臟六腑跟著翻騰起來。惠惠一聽耀華咳嗽，就一疊聲說：「可憐的阿華，可憐的阿華。」於是大夥的話題便轉上耀華的無名咳上頭。向來喜歡讀讀各種雜粹的單胞藻開始說起火剋金的理論，斷言耀華是「心火剋肺金」，才引起呼吸系統的毛病，「追根究底，妳可能病在心臟。」

每個人都想起一兩個聽人說過的治療肺病的小偏方，後來大學生提到吃蘸著人血的饅頭來治療癆病的古代迷信，說是魯迅還寫過這麼一篇小說，單胞藻豎起耳朵聽著，突然插嘴說道：「人血饅頭？哈，這有什麼難的，饅頭蒸籠裡就有，人有六個，個個有血。」說著就從椅子上跳下來，去掀蒸籠的蓋子。這種荒唐無稽的事兒很對他的趣味。

他們終於在廚房點起了蠟燭，在燭光下閒閒聊著，僅僅幾分鐘沒去留意單胞藻，他便捧著一個染滿鮮血的熱氣騰騰的饅頭走向耀華：「吃下去，好好治一治妳的肺病。」

「單胞藻！」碧良叫了起來，「你割了手指頭啦？」

單胞藻沒去理睬碧良的斥喝，固執地捧著那個蘸著他的鮮血的饅頭，用近乎命令的口氣對耀華說：「拿去！吃掉它！以後不要再讓我們聽到妳那恐怖的咳嗽聲了。」

耀華抓著那只血饅頭，覺得自己快要暈倒了，她一向怕見到血。單胞藻向來容易相信各種怪力亂神，國粹鄉粹家粹一籮筐，這回肯定他也相信人血饅頭的治病功能，所以不惜割自己的手指頭。她想，可不能叫他的鮮血白流，便撕下一片饅頭，那上頭還未完全凝固的血液立即染紅了她的手指，她在碧良和惠惠的驚呼聲中吃下第一口饅頭，越嚼越快，終於用力一嚥把它吞到肚子裡去了。

克服了噁心感吞下第一口饅頭後，她發現要吃掉整個饅頭也不難，在大夥的注視下一口又一口地吞著，直到把整個饅頭都送入肚子裡為止。「謝謝你的血。」耀華致謝之後，抓過單胞藻的手來檢視他中指那個用菜刀劃開的口子，「說不定我病好了，你的傷口還疼呢。」

可能是出於心理作用，接下來留在山中的那兩天，耀華的咳嗽似乎減輕了很多。以後那一夥經常拿那件事開玩笑，誰要有個小病小恙，就說：「去跟單胞藻要點鮮血來服用得了。」

他們在山上那三天三夜，過得真是開心極了。白日裡他們像一群野獸在山中無目的的遊蕩，卡夫卡教他們辨識各種可食用的野果與菌類。黃昏來到，山風開始像個安命的老人在他們耳邊發出低籲時，他們便躲回大屋裡，一夥人全擠在廚房，一面升火取暖一面張羅一頓豐盛的晚餐。他們彼此間的親愛還勝過同胞兄弟姊妹，當時誰也沒想到這樣的濃情厚誼也只不過是青春時代的一段美麗的插曲而已，隨著年歲的增長，他們將人各一方，甚至逐漸忘掉彼此的存在。

17.

過完了舊曆年，送走了寒假，那一夥就漸漸散了。每個人都有自己的路要走，雖然自知當不了人生的闖將，也得逼迫自己往前舉步。對耀華來說，日子不知不覺地過去了，在兩個季節之間的冷空氣裡飄浮著。

過農曆年時，大學生並沒有回家，一個人留在小農舍裡，「聽了兩天兩夜的巴哈，」後來他這樣告訴耀華。住在鎮上的碧良和惠惠，曾合騎一輛單車在除夕的黃昏為他送去了幾色自家廚房走私出來的年菜。卡夫卡初二一大早就趕回小農舍去陪他。

初四早晨耀華背著書包到小農舍時，站在前院裡，感覺時光正流過這天地間一個小旯旮的迴聲狹谷，幻想著再過一個季節，眼前這片扁豆和牽牛花掩映的矮牆頭，將連同鳥聲與樹影一起消失。那天下午她和大學生到附近大圳的堤岸上散步時，大學生唸了一首詩，「後浪之來，滾滾不斷。拔足更涉，已非前流。」她心頭一顫，感覺那首詩寫到她的心眼去了，「這首詩好像我寫的，假如我會寫詩的話。」

大學生房間的牆上貼了一張紙條，是他給自己開的書單，上面列出：希臘悲劇、柏拉圖《理想國》、《聖經新約》、奧古斯丁《懺悔錄》、但丁《神曲》、莫爾《烏托邦》、馬基維亞利《君主論》、路德《論基督教自由》、伽利略《星座信息》、佛洛依德《心理分析綱要》。書單後面是兩句他附註的話：「讀經典是靈魂的暢遊，是智能的體操。」耀華托著腮望著那張書單發呆，想像上了大學後，她將在學校的圖書館找著大學生開列的所有的經典，她就要像敲硬核桃那樣，把它們一一敲開、吞食。終於她歎了一口長氣，把夢作得那麼詳細，更要經不起它的破碎了，要是考不上大學怎麼辦？她替自己、也替卡夫卡發急。

大學生終於北上了，說他要租個小房間靜下來好好想想自己的前途。大學生一走，三個女生就很少去小農舍了。碧良強制自己不去找卡夫卡，她要讓他專心準備應付聯考，「他告訴我為什麼他不用當兵，他有先天性心臟病，」碧良告訴耀華，「他想說的是，他連當兵的資格都沒有，哪有資格戀愛和成家呢？但他沒有把這些話講出來。」

離聯考的日子越近，耀華就越焦慮，經常作噩夢，變得嘴饞，吃過晚飯後，總無法在書桌前坐定，不時要鑽入廚房找點什麼東西來填嘴巴，竟長胖了些，尖下巴慢慢圓起來。考上大學是自己唯一的路，她想，只有進入大學，對自己往後的人生才可能有較大的自主權，而且只要一考上大學，便可以把這個沒有溫情沒有希望的家，遠遠地扔在身後，她認為自己也可以學哥哥姊姊那樣，利用寒暑假掙一年的學雜費。

她父親要再婚了，對象是那個賣凍頂烏龍茶的女人。那女人小了他十二歲，但比他富有很多，因為她謀生的能力比他強。婚後她將出資在鎮上鬧市開一家茶葉批發兼零售的舖子，由他掌理店務，她管進貨和流動零售。這樁婚事決定在耀華參加聯考過後再落實，聯考過後，不管耀華是上大學還是就業，都得飛離老巢，自然解決了她這個已近成年的拖油瓶的問題。耀華理解她父親的打算，他的再婚是順應現實需要，他老了，三個子女全都靠不住，他的農藥行生意每況愈下，因為他沒有足夠的本錢進貨，經常只是做些代購的工作，賺點經手的小零頭而已。

大夥散了後，單胞藻便像一隻蝸牛縮回自己的殼子裡。他經常肚皮貼著條木地板躺著，雙手支著下巴，面對舖在地板上的空白稿紙，一連幾個小時獨自一人構思一首詩的韻律和意象。他爸爸又恢復了夜班，白日裡屋子裡滿滿他的氣味——他抽的煙和他喝的酒的味道，單胞藻自小就以為那是成人世界的必要組成部份，再說屋子裡到處都是酒瓶與煙盒，也不可能叫他把這兩樣東西看得太不尋常，待他自己也抽起煙來時，他爸爸竟把他引以為同道，經常會從煙盒裡抽一支煙甩給他，這下他覺得不對勁了，心裡問自己，這算哪門子的家教？那煙他終於沒抽上癮，那裡頭包含著他對家庭的逆反心理。

偶而還會上單胞藻的閣樓找他聊聊的是惠惠。那回從「鳥嘴尖」山下來後，她挨了她爸爸一頓揍，她們家那個棉膠雨鞋的家庭工廠想多賺取一點利潤，就得靠家中成員把全部零餘時間押進去，那天她媽媽當著碧良的面放走了她，心裡卻老大的不痛快，一年裡頭也只有寒、暑假這兩塊比較長的時間可以讓大女兒填掉一個工人的位置，省去一份工錢，可她偏偏一心一意往外跑，打電話到碧良家去找，發現連碧良的父母都不知道他們的女兒哪裡去了。她的父母像大部份中國的父母一樣，把對子女的愛深埋在心底，卻用皺眉、斥責和藤條表現出來。這是惠惠第二回鬧離家出走，可口袋裡總共才三十幾塊錢而已。她搭上一班往海邊去的客運車，坐了兩個多小時的車子才到達目的地，下車時早已饑火中燒，便用餘下來的幾個銅板買了一個炸彈麵包，那種麵包特別飽人，可是一想到接下來馬上就要斷糧挨餓了，她突然發作了一股饞勁，就在車站的石凳上一口氣把那個炸彈麵包吃得精光。

她在那個海濱小鎮的街上蹓了一圈，發現同一條街再走第二遍時，就要讓兩旁的店舖與住家側目。再往遠去，海就隱隱約約展開了，於是她不由得一陣傷心，收住了腳。她想起自家那個中世紀奴隸作坊似的小工廠，那陰暗霉濕的矮牆、傾斜的天棚、毯絨彌漫的空氣、震耳欲聾的機器踩踏聲，還有她父親蓋過機器聲的一句句「死奴才」，在十幾個外來的工人面前，毫不為她留情面地重複著……她怨父母把她生得鈍，又生得醜，而且不愛她，連他們都不愛她，誰會愛她？有她那副尊容的人，想必一輩子要與幸福絕緣的。悲傷與絕望像一片潮水捲來，湧到咽喉噎住了她。她怕自己再想下去會做傻事，尤其眼前就是一片開放的大海，不由得縮縮肩膀，往鬧市那頭跑。

她什麼法子都想過了，除了單胞藻之外，還真沒有第二個人能幫她解決眼下身無分文的困局。當她從海邊招輛計程車風馳電掣回到鎮上後，就讓計程車司機把車子停在單胞藻家樓下。那時已近午夜，單胞藻媽媽勞累了一天後已沉沉睡去。單胞藻把她拉到門外講話，看到守在外頭等著收車資的計程車司機，他慌了，知道在家中是找不出那麼多錢的，只好騎著單車上他家的攤子去了。

他多給了司機十塊錢，打發掉那部遠地來的車子後，他像個有擔待的男子漢那樣雙手一拍，表示事情都已過去。

以上那一段是單胞藻事後告訴耀華的，「她以為我有辦法，我有什麼辦法呢？付計程車的錢還是去水果攤摸的。」他用「摸」代替「偷」那個字眼。

單胞藻漏講的部份是碧良告訴耀華的，「他吻了阿惠，單胞藻這隻猴子。」碧良很為惠惠不值，顯然她認為單胞藻那一吻絕非起於情難自禁。但是那一吻使惠惠精神恍惚了好長一段時間，她迷失了，忍不住跑去跟碧良傾吐自己的少女情懷，她告訴碧良，隔天晚上，當她和她妹妹在房中睡下時，單胞藻騎著單車去找她，輕叩她床頭的玻璃叫醒她。她整夜都沒能把他逐出她的腦海，他突然出現在她窗口，彷彿是她夢的延伸。啊，做為一個白馬王子，他甚至比她讀過的所有童話故事中的男主角都更叫她嚮往，他看得到她的內心深處，而在她內心深處，她是個美麗的女孩，只不過是一時陷入那一具上帝做為某大的玩笑賜給她的蠢笨的軀殼中罷了。

18.

有一天在耀華離開文昌書店後，被一言不發的卡夫卡追上了，他漲紅著臉與她一路往客運站走去，一開口卻立即嚇了她一大跳，他說他前兩天被文昌書局的老闆逮到偷書，被當成賊送進了警察局。

耀華用手摀住了嘴。他望著她的臉，說：「妳相信我偷了書嗎？」她沒答他，她一時理不清自己的感覺，浮上腦中的卻是發現單胞藻偷書那一回的情景。看來偷書可不是什麼太難的事情，單胞藻的辦法是把書往自己那件舊夾克中一藏，輕輕鬆鬆走出書店了得。

「我沒偷書，」他用發乾的嗓音說，「但是他們不相信我說的話。那時我已走出書店，老闆娘才追上我，指著我手上的書說——」他回憶老闆娘當時的措詞，以便精確的轉述：「她說，就這樣大大方方的把書拿走，膽子可真大。」

「你真的沒付錢就把書帶走？」

「我當時沒注意。我聽到有人在外面喊我的名字，想也沒想，就走出書店。」

「他們怎麼罰你？」

「老闆娘要我跟她回書店去。是老闆把我帶到警察局的。他在警察局說，他這兩年多來掉了三四百本書，終於抓到偷書賊了。」他驀然抬起頭來，睜大眼睛說：「他把那筆賬統統算到我的頭上。」

他是個害羞的男孩子，向來避免與別人的目光直接接觸，他那樣盯著耀華的臉看，她能理解他是在用一種強硬的態度維護他薄弱的自尊心。

事情來得太快，快得她來不及思考。他偷了書嗎？他為什麼要跑來告訴她這些？她又能證明他的清白嗎？也許他和單胞藻一樣，也是那種雙重性格、亦俠亦盜的類型？

「你準備怎麼辦？」

「他們要我賠錢。現在我已不是學生，他們沒法告到學校訓導處去，但是他們已查到我家的地址。他們限我三天內拿出兩千塊錢來賠，否則就直接找我爸爸媽媽。」

她站在一家中藥行的騎樓下聽他訴說，久久回不出一句話給他。他在離她兩步遠的地方僵立了幾分鐘，終於歎了一口氣，移步走開了。她沒去看他，等他的腳步聲已被市聲完全吞噬了後，她才回頭。他走路的姿態多麼奇怪，彷彿是被他的衣服帶著走似的。一股不安的混濁暗流在她內心深處翻騰。她經過客運站時並沒停下來，卻把書包抱在手上，以小跑的速度穿過鬧市，趕到碧良家去。

對著為她拉開紅漆木門的碧良，她張著嘴大口哈氣，好不容易把氣緩過來後，她壓著聲音對碧良說：「出來一下，我有話跟妳講。」待碧良走出木門，反手把門在背後拉上後，她才說：「卡夫卡出事了。」

碧良微蹙著眉頭說：「我爸爸大前天說到這件事，說有個男生偷書被逮到警察局去，說書店老闆想私了，讓那個男生賠一筆錢就不追究。」她的嘴唇慢慢繃成一道弧線，這是她想心事的表情：「我還以為那個偷書賊是單胞藻呢。我當時心裡一口咬定是單胞藻，還以為我爸爸故意不在我的面前點出他的名字。」

「妳為什麼會這麼想？」這回輪到耀華吃驚了。

「妳以為他那幾百本書是買的呀？我看都是偷的，從文昌書店偷來的！我沒證據，可是我敢這麼說，我跟他一起逛過多少次書店了，從來不見他掏錢買書，可他書架上的書卻一天比一天多。」

耀華沒敢說出心底的話。對單胞藻的護短心理是她始終不了解自己的地方之一。她終究還是為他守了秘密。

「我們去找單胞藻。」碧良進院子去推出一輛單車，跨騎了上去，耀華幾個大步追著跳上後座。

天已黃昏，看來她又要遲歸了，耀華坐在單車後座胡亂地想著，一面草擬著將編派給她爸爸的藉口。

她們登上通往閣樓的木梯，彷彿為了不打草驚蛇，碧良腳步放得特別輕。閣樓裡沒人，不久她們便聽到樓下傳來拉抽水馬桶的聲音，便屏息凝神等待單胞藻上樓來。

「妳們怎麼在這裡？」單胞藻出現在木梯頂端，這樣歡快地大叫一聲。但是他很快發現她們到來的時間不對，臉上的表情也不對，他迷惘地用手抹抹前額，兩眼痴騃地朝前瞪著。

「卡夫卡被文昌書局的老闆抓到警察局去，說是偷書，」碧良鋒利地說著，企圖一來就用聲調嚇唬住他，或是使他明白她們是知道內情的，「現在他們要他賠出一筆錢來，他們把過去兩年多來丟的幾百本書都算到他頭上。」

單胞藻一時答不出半句話來，但是他大概覺得這節骨眼維持沉默並非上策，嘴一直張著，鼻翼兩旁的法令紋和嘴角的皺紋都連在一起了，還沒開口說話，下嘴唇已經神經質地哆嗦起來，「妳們兩個是什麼意思？卡夫卡被抓到警察局，我很同情，可是我又能怎樣？」

碧良的眼光炯炯地逼住他的臉，以致於他不敢說謊。回想到卡夫卡絕望的眼神，耀華望著單胞藻的眼光裡也注入了憤怒，在她們這種眼光的注視下，如果牆壁有什麼秘密，大概也會和盤托出。

單飽藻不再答她們的話，他慢慢地走向他的書桌，拉出那把椅子坐下去，拿起一支原子筆在一張寫了幾行短詩的稿紙上胡亂塗著，固執地以背對著她們。

碧良見他對她們採取相應不理的態度，看了耀華一眼，似乎想取得她的許可與諒解，隨後便走向最靠近自己的一面書架，從書架抽出一本又一本的書，又一本一本把它們扔在條木地板上。他沒有回頭看她們，但是耀華注意到碧良每抽出一本書，他的肩膀都顫慄一下，那書本被猛力丟到地板上的聲音，大概像一根火鞭，一下一下地抽在他的太陽穴上。

歪躺在地板上的那堆五顏六色的書，給短暫的青春帶來多少諷刺和令人感傷的回憶啊，它們曾為他贏得怎樣華麗的友誼和精神的滿足啊。可是他沒有時間進行哲學思考，他正在腦中尋找一條突圍的路線。

碧良企圖用犯罪學的理論來完成對單飽藻的逼供工作，這些理論是她那個當警察局局長的爸爸無形中灌輸給她的：命好的人好對付，命不好的人不好對付，因為命好的人吃不了苦，而且怕事，只要稍稍施加一點壓力，他們就會就範。單飽藻當然是命好的人，他這個獨根苗，到了小學三年級還得勞動他媽媽一湯匙一湯匙餵他去皮去刺的虱目魚粥，否則他就把自己餓出病來，他的命不好誰的命好？她再抽出一本書，這回她對準他的書桌丟。當那本書飛過他頭頂，「啪」一聲掉在他眼前時，他站起來，轉向她們，喉結上下地滾動著。

「妳們到底什麼意思？到底想幹什麼？」他終於又開口了，一面揪著自己那件毛衣的前襟，憤怒的眼睛淚汪汪的。

「景文，樓上怎麼這麼吵？」這時單胞藻爸爸的聲音，從樓下傳上來，使耀華和碧良都愣了愣。

碧良隨後向他走近一步，壓著聲音對他說：「要不要我直接找你爸爸談這件事？為了免得你被抓到警察局去出頭露相，為了免得你被學校開除，他一定會馬上拿出兩千塊錢來的。」

他怔了怔，終於搞懂了碧良這樣脅迫他的目的了，「原來妳們就是為了替他籌兩千塊錢，才跑來這裡拼命撒野的？」他對自己點點頭，望著腳上那雙拖鞋又說：「如果是幫朋友的忙，我當然願意，我可以想辦法多少搞一點。」

他在撒謊，因為他需要一個下臺階，他明白這一點，也清楚她們知道他在撒謊。遇上這種情況，拆穿了反而不如不拆穿的好。耀華扯扯碧良的袖子，要她別再逼他了。

他發現他自己又安全一些了，才抬起頭來朝眼前那兩個如此不可靠的朋友望了望，「我說過我會想辦法的。」

碧良又恢復了強硬的態度：「明天我來拿，就這個時候。」

19.

走出單胞藻家時，耀華抬頭望了天空一眼，是打著黑色補釘的灰色的天——正像她的心，在灰色的憂悒上打著黑色的憤怒的補釘。單胞藻這個不成材的傢伙，天生的賊胚子，不到處順手摸點東西彷彿日子就過不下去似的，想起以前每回跟三個女生去逛媽祖廟，他總要從供桌上摸一兩色供品來給她們當零嘴，還一本正經地先拜媽祖娘娘，跟祂商量，口中唸唸有詞：「這些野丫頭還在長大，聽說女大十八變，她們該變的還沒變完，吃了祢所賜的美容聖品，就有指望今後不再妨礙本鎮鎮容了。」他的邏輯基礎很簡單，偷的人沒吃，吃的人沒偷，所以兩者都無罪，她們也樂得買他的故事，甚至還當做佳話哩。現在他把整個書店都偷回家了，卻害卡夫卡去當替死鬼，也許在他心中也當是為朋友而偷的吧？耀華想，他書架上哪本書她沒讀過呢？她是不是也犯了教唆犯罪之罪？

她們幾步便把黃昏走到盡頭。碧良留耀華在家中過夜，因為客運最後一個車班已趕不上了。

兩人將就著吃掉碧良家人吃剩的飯菜，便把活動範圍縮小在碧良的房間裡。碧良丟給耀華一套體育服裝充當睡衣穿，自己抱著更換的衣服到浴室去洗澡了。耀華在檯燈下攤開一張地圖，卻托著腮怔怔地望著後院那幾棵影影綽綽的番石榴樹，心裡籠罩著一層神秘的暗影，她看不透它的底。

不久天空不遠處劃過幾道閃電，同時響起了幾聲脆雷。耀華把手伸到窗子外去探了探，發現醞釀了一個下午的雨終於來了，便馬上把窗子關嚴。她記不清自己過去是不是總在陰天頭疼，她把手壓在太陽穴上，又坐回書桌前，逼自己把注意力擺回地圖，但是沒辦到。其實她什麼也不想做，只想躺著，躺在床上，讓睡意自己尋上來。

碧良從浴室回房間時，見到耀華已上了她的床，微微有些訝異。她一邊用乾毛巾搓著頭髮，一面壓著聲音跟耀華說：「妳上床了啊，我本來還想和妳一起溜出去，去看看卡夫卡呢。」耀華提醒她：「外面下著雨呢。」碧良走近窗子，把頭抵在玻璃窗上，探了天色一眼，頹然走回來坐在床沿，壓著聲音說：「我一邊洗澡一邊想著這件窩囊透頂的事。他怎麼受得了？妳說他一直等在文昌書局附近，想告訴妳這件事？」

耀華點點頭。她也記掛著卡夫卡的感受，想不顧一切溜去看看他，跟他聊聊，告訴他她們知道偷書的另有其人，而且那人已自願湊出那筆罰款。可是她沒動，她太累了，何況外頭還下著惡狠狠的雨。

碧良用毛巾裹住頭髮，便爬上了床擠在耀華身邊。關於單胞藻偷書、卡夫卡受罪這個話題，像纏來纏去的線頭，綿綿地堆在她們之間。她們必須壓著聲音講話，因為隔牆有耳——碧良房間對面是她父母的臥房，隔壁是她兩個分別讀國一和國三的弟弟共同的房間。也許是因為壓著聲音說話豎著耳朵聽太費心神，這樣聊不到半小時耀華就覺得睏了，那要命的疲倦像一片大海，一漲再漲，一點一點地淹沒了她的意識。「妳睡著了嗎？」這是她最後聽到的一句話，「沒有。」這是她最後說出口的話。她終於為那睏倦之海所淹沒，一顆頭從枕上滾了下來。

耀華睡得很不穩妥。夢中有一扇門關了又開，開了又關，間雜著或遠或近的腳步聲。有些行動在醞釀中，有些行動已在行進中，有些行動將告結束了，而她還在夢與醒的分界線徘徊。她腦中某處給自己下了一道指令。妳醒醒妳醒醒。

「妳醒了嗎？」黑暗中有道聲音在耀華耳邊響起，「差不多。」她翻了個身，覺得自己可以馬上再跌入睡夢中。「是我吵醒妳的嗎？」「我想是。」「對不起，我睡不著，我實在睡不著。」「所以妳就在房間裡東摸摸西碰碰？」耀華終於發現跟她對話的人是碧良，也意識到自己正睡在碧良的床上。

「我要去看卡夫卡，雨停了。」碧良在黑暗中湊近耀華，湊得太近了，那兩句話還熱騰騰的就送入她耳中。「妳去不去？」

「我去。」耀華從床上坐起來，垂著頭揉揉眼睛，一翻身便站在房間地板中央。她還沒有完全醒來，只得用手指撐開眼皮，漂浮過那黑茫茫的一片。她接過碧良遞給她的一件外套，胡亂地把赤裸的雙腳插入放在床底下的她的皮鞋裡面，然後躡手躡腳地尾隨在碧良身後，從後門走出屋子，繞過半個屋身，竄出了木質大門。

在走離自己家很遠後，碧良才又開口說話：「我帶了手電筒。」同時「啪」的一聲開了它，一道抖動著的光立即為她們在黑暗中開了道。她們走過國小教職員宿舍、軍公教福利品供應中心、鎮公園和操場，日據時代留下來的石砌座燈就像哨兵似地站在馬路兩旁，點閱著行色匆匆的人生。

經過省立中學的校門口時，耀華想到隔日還得上學，不由得問了一句：「現在幾點啦？」碧良頭也不回地答：「凌晨兩三點總有了。已經三更半夜了。」

她們走出了路燈照耀的範圍，走上那條通往田間的小路，這時耀華才發現碧良帶上手電筒還真是有遠見。這是一個烏雲密佈的夜晚，很厚的雲層後面偶而會爆出一聲悶雷。耀華覺得害怕，越來越怕，怕閃電怕脆雷怕黑雲怕暴雨，更怕一些她吶吶不能表述的情狀與事物。可是她不能說，因為恐懼會傳染，會惡性循環，變本加厲。

小農舍在視線內出現時，耀華的恐懼感並沒有減輕。當那個糊糊的黑色剪影越變越大時，她的心則越縮越緊。她的巴掌跟著拳起來。碧良伸手去拔掉鐵柵門的栓子時，耀華感覺有活物在她的足踝磨蹭，尖叫一聲彈跳起來，同時聽到一聲貓的銳叫，才發現盤桓在她們腳下的是卡夫卡收養的那隻虎斑紋的小貓。

碧良直接朝卡夫卡住的那個房間走去。她拿著手電筒的手垂了下來，另一隻空著的手輕輕叩著方格子玻璃窗。那手指的動作越來越急，忍不住還是舉起了手電筒，隔著霧玻璃和後面嚴嚴實實拉上的窗帘往裡頭照，「睡死了，」她回頭這樣對耀華說，又繼續叩著玻璃窗。

耀華走向屋側，推推前段時間大學生住的那個房間的邊門，發現它是虛掩的。她不敢一頭闖進去，便退向屋子前面，壓著聲音跟碧良說：「邊門沒關死，我們從那兒進去。」

碧良的手電筒危顫顫地在漆黑的四壁探照。屋外暗淡畏縮的光線，勉強透過蒙著水氣的霧玻璃滲入室內，屋裡的黑暗立時被它吞噬了。很遠的某個地方，一隻聽覺特別敏銳的狗，用牠那拖長了的淒厲的吠叫聲，驚動了人們的夢。

她們摸到卡夫卡的房間。碧良的手電筒在房間裡胡亂地轉了一圈，基於文明文人的禮節規範，她讓手電筒的光束垂落到地板上。「卡夫卡卡夫卡！你睡死了啊卡夫卡？」她一疊聲地叫，人已站在卡夫卡的單人鐵架床床頭。

沒有反應。碧良伸手去搡躺在床上的那個人，「卡夫卡，我們喊了你半天，你還躺著一動不動——」她恐懼的聲音裡還摻雜著一種奇特的責備的聲調。卡夫卡根本不回答。

她手電筒的光束遲疑地從地板往鐵架床上爬。卡夫卡仰面朝天躺著，雙手垂落在身體兩側。她們到他山中的老家玩時，無意中看過他的睡姿，知道這是他熟睡時的樣子。可是他這回卻睜大眼睛，直直往上瞪著，目光好像要穿透天花板和屋頂，瞧見上帝耶穌王爺公媽祖婆應該駐在的地方。聚在他臉上的光束顫動了一下，突然像流星樣劃過沉寂的室內空氣，跌落在地板上。

耀華的耳朵一陣轟鳴，腦中閃電劃過一樣，空了幾秒鐘。她覺自己什麼也不能想了。

「他沒氣了！」碧良聽著自己發乾的嗓音，身子不禁震顫了一下，像化石一樣呆立在房間中央。

這時一道閃電從天外刺入屋子裡。碧良的聲音清晰得像曉雞，懼怖的目光閃閃如黃昏星，她以近乎舞蹈的韻律退離鐵架床幾步，雙掌已拳了起來，一顆頭卻仍然擺個不停，「他沒氣了他沒氣了。」

她們的太陽穴「恰恰恰」地鞭擊著她們全身的神經，她們所有的關節痛得像玻璃碴子扎著一樣。再一趟暴雨之後是下個不停的淅瀝小雨。她們像兩個精疲力竭的孩子，在漆黑一片的曠野上涉水淌泥地跑著，因為吃了水而變得沉重的皮鞋呱唧呱唧地響著。

雨越下越急，雨點也越來越密。不知道為什麼，耀華腦中突然響起了一段大鍵琴的旋律，她不由得伸長脖子去聆聽，但是它飄飄忽忽的調子老被雨聲打散，她只得在腦中自行拼湊起它完整的樂句。她終於聽出來了，那是「法蘭西組曲」的一個片段。

街燈黯淡，屋宇冥然。事情發生在凌晨三點左右，這是恬靜的睡眠與無言的死亡的時刻。

20.

那年夏天就在大專聯考那場一生中最重要的戰役之後結束了。秋天耀華進了大學，唸了她最嚮往的外文系。她繼續鯨吞蠶食所有的典籍，繼續在太陽底下走長長長長的路，一面讓青春歲月從她指間澌澌流走。唯一與她預料的不同的是，考上大學並沒有使她變得比以前更快樂，似乎總是如此——當我們到達的時候，那地方已經不存在了。

卡夫卡終於做了聯考的逃兵。耀華開始鑽研起哲學方面的書籍，想從裡頭找出人生諸多問題的解答。在接下來的歲月中，她開始用另外一種角度思考卡夫卡的死。是的，生命所取走的一切，死亡會把它交還回來，誰也不能從我們手中奪走死亡，因為死亡是連生命也可以奪走的，只要人還保留著這點自主權，人就是自由的。

卡夫卡用來結束他自己生命的，是一瓶治療他心肌纖維衰弱的特效藥，他上頭那個哥哥告訴他的朋友們，那種治心臟病的藥他已吃了五六年。事後他家人回想起他臨去前那段時間的種種不尋常的言行，覺得那時他早已躑在死亡的門楣了，他哥哥提到，跟全家人一起吃年夜飯時，他沒來由地說了一句：「明年過年時，我人不知道會在哪裡。」他母親斥責了他幾句後說：「臺灣就這麼大，你還能飛到哪裡去？」他是他母親的最小偏憐兒，幾個孩子裡她用在他身上的心思最多，他的死，似乎使她老暮的生命更加提早蔫萎了。

後來耀華和碧良幫他家人整理他的遺物時，發現他重覆幾遍寫在一張紙頭上的《詩經》中的兩句詩：「昔時我往，楊柳依依。」她們把那兩句詩視同他的遺言與墓誌。他去的時候，是個晚春的日子，楊樹柳樹都披著一身迷迷濛濛的新綠。

就在他結束自己生命的同時，他那夥朋友也結束了擾擾攘攘的青春歲月。望著他的遺照，他們彷彿看著一個經常在書本裡的圖片中見到卻忘掉他名字的人，一個註定要跟他們一生的鬼魂，或者是常在他們腦海中盤桓的童年回憶中一個友伴的臉孔。

三個女孩和單胞藻都參加了他的葬禮。在把棺材送往墳場之前那道焚化死者遺物的儀式中，單胞藻沉默地把一張印著密密麻麻黑字的紙頭往火苗裡丟，後來他告訴耀華那是佛教《觀世音菩薩大悲心陀羅尼經》中的咒文，單胞藻認為給死者燒化這種大悲咒，可以消除他在陰間的災厄，往生樂土。

當棺材徐徐入土時，耀華別開了臉，眼光卻撞上碧良那雙老抹不乾淚水的大眼睛。她身上是忍不住的茂盛的風華，哀傷卻充溢著她的全身，她達到了她自己無窮寂寞的邊緣，甚至超過了這個邊緣。她的心口墮著一塊千斤重的鐵，彷彿這一輩子再也無法將它移走。只有了解她曾經如何鍾情過的人，才會知道她的失落感有多深。

出乎耀華意料的是，她們當中消沉得最厲害的人不是碧良而是單胞藻。翻騰得最高的浪頭落得最低，最高的椰子樹投下來的影子也最長。在葬禮過後的回程車上，他一路無言，一個不講話的單胞藻簡直就是一生難得見上一次的藍月亮。她們不去理睬他的沉默，耀華猜想碧良更認為他理應沉默，在沉默中自責在沉默中悔過。

單胞藻打破沉默是在耀華負笈北上的前夕，那時時序已進入仲秋。他獨自一人騎著他那部破單車上她家，原來就是皮包骨的一個人竟還又消損了幾分，頭和眼睛看起來比從前又更大了一些。就性格和血氣來說，他是那夥裡頭最熱情的一個，耀華猜想她始終在情感上偏袒他，原因就在於此，他的愛多使他牽心的事也就多，他瘦了沉默了，證明他不是一個沒有心肝的孩子。

耀華正在院子裡晾衣服，他像個好教養的孩子一樣默默地走上來幫她掌著竹竿、遞衣架，碰上她的眼光時，他便對她微微一笑。他笑的時候臉上無處不是笑，牽動肌肉所帶起來的皺紋也特別多，這個「出窩兒老」，僅僅幾個月時間不見，似乎又更見老了。

「要去當大學生了，」他終於開口說話了，「心裡一定很得意。大學生，多麼不同凡響！」

「大學生」李雁哲那時在他們那干成績平平的高中生眼中，確實是一號人物，他從他們那兒獲得「大學生」的外號，有些兒像病人稱呼給他們治病的人做「大夫」，學生稱呼教導他們的人做「老師」一樣，很有些雖不能至，然心嚮往之的意味。而她馬上就要變成大學生了！

「是啊，」她故意把頭一揚，只拿下巴給他看，說：「要去啃原文書、泡圖書館、參加舞會，還有在校園裡一不小心跟一個物理系的高材生撞個滿懷。」

她收起那口盛衣服用的空塑膠盆，走回屋子裡，久久不見他跟上來，放下塑膠盆再走回院子去，卻見他坐在那一棵老榕樹下怔忡出神。「單胞藻，」她喊他，「起來！我們騎單車到外頭去兜兜風。」

他們出了村子，騎上那條省幹道，在木麻黃流蘇般的垂落針葉下面迎著午後懶懶的秋風前進。不久他便領頭拐入一條田間小徑，繼續朝前騎了一公里多的路，終於在一個建在一座墳場和一片竹林中間的土地廟前停下來。

他支著腮坐在一張石凳子上，望了望坐在他對面的耀華，突然挺直背脊，雙手環住自己的胸膛。「卡夫卡被抓到偷書那一天，我也在文昌書局。」他兀自點點頭，喉結顫了顫，「他沒有跟妳說嗎？」

「沒有，」她試著回想最後一次見到卡夫卡的情景。當時他們之間的談話太簡省，他沒有提到當時單胞藻也在場這一節，想必是因為他認為那無關緊要。

「好吧，」他怔了怔，略略有些氣餒。

「也許他忘了提。那件事很重要嗎？」

「對他也許不重要，」他聲音很低，「可是我一直記著那件事。我一開始就在那兒。」

那一天下午單胞藻又百無聊賴晃到文昌書局去，他在裡頭呆了很久，把一本剛到期的《讀者文摘》都翻完了。不經意的一眼，看見卡夫卡就隔著一個陳列架站在另一頭看一本翻譯小說，他跟卡夫卡打了個招呼，兩人又各自低頭看自己手上的書。

莫約十分鐘後，突然聽見書店外有人喊了一聲「柯武克」，兩人不約而同地抬頭向街道那頭瞧了瞧，「有人在叫你，」單胞藻對他肯定地點點頭，又回頭看自己手上的書。

大約過了三分鐘後，單胞藻突然聽見書店老闆娘尖細的嗓門：「人在這裡，書也在！」一轉頭，見到那個特別瘦小的女人正扯著卡夫卡襯衫的袖子，從背後把他推回書店。

老闆這時從他慣常坐鎮著的櫃臺那把高高的旋轉椅裡站起來，筆直向卡夫卡走過去，他個子矮了卡夫卡半個頭，年紀卻長上一大截，「抓到了，真好，書丟得我都寒了，再丟下去我就要倒店了。」他一手按在卡夫卡的肩上，免於他逃脫似的。單胞藻這時四下望了望，見到書店裡還有三個在挑參考書的國中生，和一個戴老花眼鏡的老頭兒，他們都在注視著眼前那齣捉賊記的發展。

老闆的手始終按在卡夫卡肩上，那力量的可怖程度，只有一個人作噩夢時才體會得到，而那張因憤怒而漲紅了的臉，正是噩夢本身，正碩大無朋地逼向卡夫卡：「這是第幾回了你自己講，總不可能是第一回吧？你不會這樣歹運吧？」

「我沒偷。」卡夫卡立定不動，他的申辯簡潔了當。

「沒偷？」老闆揚揚那本做為贓物的《流浪記》，「你倒說得出口。你想現在付錢已經來不及了。」

卡夫卡嘴唇蠕動了一下，究竟沒把話說出口。對他而言，屈辱感比理性還厲害得多，也管事得多。他確實把那本書帶出書店，而且是在走了很長一段路後才被逮回來的，人證物證俱在，沒有人會聽他的解釋。

且慢。耀華記起單胞藻剛剛提到他也聽到了有人在書店外頭喊卡夫卡的名字那回事：「他一定是聽到有人喊他，才胡里胡塗挾著書跑出去的。」

「當時我也那麼想，」單胞藻避開了耀華的眼光，望著不遠處的那片竹林，「心裡奇怪他為什麼不說出來。」

「說不定他慌了。」耀華話出口了後，突然提高聲量接著說：「那你為什麼不去替他跟老闆解釋？你明明知道他是被冤枉的。」

他垂下他那顆大頭，他那喪家犬般的神態，使她更加起疑，她順著一個惡念往下走，橫起心來逼問他：「你是不是賊做久了心虛了？聽到別人喊捉賊你就先嚇軟了腳？」

他的臉顯得十分蒼白而且衰老了，他的那雙眼睛啊，那雙眼睛像兩口不見陽光的深潭，它們遲緩地轉動著，沒有表情，既不要求什麼也不抗拒什麼。「我還沒把話講完呢。」他用央求的口氣對她說。

「我們到警察局去說吧，」老闆見卡夫卡不答話，這樣威脅了他一句，可是不等卡夫卡回答，他又改變了主意，再開口時口氣軟了些：「你不能口口聲聲說你沒偷，這裡這麼多人都知道這不是實話。這樣吧，你這些年來一共偷了多少書，你自己照書價買下來，我就不把你往派出所送。」

「我沒偷。」還是原來那句老話，但是他臉上的表情卻平靜下來了，好像大海在一場風暴之後，掀起來了的驚濤駭浪終於平靜下去了，海面風平浪靜，人們永遠看不到海底吞沒了多少未能及時靠岸的船隻殘骸。

「那我們只有到警察局去談了。」這是老闆在他的店裡對卡夫卡說的最後一句話，說完便扯著卡夫卡往外走。

那是單胞藻對卡夫卡的最後印象。在矮胖的書店老闆的反襯下，他顯得特別瘦長。他走得很慢很慢，好像被日頭曬軟了的柏油路總是拖著他的腿，好像那是稠稠流動著的黑色液體。各種舖子和小吃店的門都大大敞開著，生機勃勃面對媽祖娘娘庇祐著的這個世界，像是些饑餓的大嘴巴。這時街上走過任何人，都會使他的心臟卜突卜突地加速跳了起來罷？他們都將是他這一生最恥辱的時刻的見證人。

耀華和單胞藻都在卡夫卡人生的尾聲裡沉默了。她的臉面對著不遠處那片墓園，墓園後面是個大池塘，池塘後面是天空，天空中央是太陽。空氣純淨透明，竹林裡有鳥鳴，是一隻雛鳥索食的啼聲。竹林上空掠過另外幾隻鳥兒，它們正作著無聲的勻速弧線飛行。

兩人無聲地跨上各自的單車朝回程騎去。路在他們腳下開展，可是耀華已不再憧憬一個健康、飽暖、美麗的人生了，她相信自己並不是世界上第一個放棄這種夢想的人。

「阿華，」單胞藻拉近了兩部單車間的距離，「那天在書店裡，我沒去替卡夫卡說話，是有原因的——」

她猜想她知道他那個欲言又止的「原因」，但是她等著他自己說出來，誰說這是一個不可理喻的世界？她在現實生活中看到太多因與果的互生與互動了。

「那天我摸了一本書，就藏在夾克裡面。」他還是把話說出來了，選擇對某個信得過的朋友坦白，於他具有教徒對神父告解一樣的意義。「我帶了兩千塊來，妳替我把它交給文昌的老闆，就說有人良心不安，不忍心見柯武克當替死鬼，當了替死鬼還被誤以為是畏罪自殺，說有人要暗暗賠出一筆錢來，只求還柯武克一個清白。」

「你跟你爸爸媽媽說了真話啦？」耀華問。

他猛力地點頭，突然破泣出聲，一手握著單車龍頭一手拼命抹淚。有生以來耀華從沒看見過那樣的哭相，她隱隱感覺到，會這樣忘我地大哭出聲的人，就算他果真犯了罪，也應該可以被原諒了。是不是那個赤腳在沙漠上宏道名字叫耶穌的人說過這樣的話：「他的淚多他的愛也多。」她迷惘了，她仍然還沒過完她容易感傷、容易下斷語，容易憤怒、也容易寬宥的十七歲。

他們在一條叉路上無言地分手了，耀華覺得自己也已走到自己無窮寂寞的邊緣。她終於無聲地流了淚。

徬徨

1.

整個客廳看起來就像個小型的托兒所。對著窗子的那面牆用廉價的塑膠漆漆成艷亮的藍色，算是一望無際的藍天，天空上浮著幾朵臃腫胖大的雲，雲朵下面是個尋常的人家，畫這畫兒的人顯然不太有想像力，畫中的房子四四方方地座落在馬路的盡頭，有門有窗也有煙囪，屋子兩旁各站著一棵蕈狀的樹，樹下又各自棲著一窩雞和一條牛。

天花板上貼著彩色壁紙剪成的太陽、月亮與星星。擺電視機與唱機的那面牆上掛著一個小型月曆，月曆上的風景畫片被一張用正楷寫的功課表所取代。電視機旁的籐櫃裏堆滿各色玩具，大大小小的坦克、火箭、變形超人和北斗之拳的人體模型，充份反映出擁有這些玩具的小主人翁黷武好勇的那一面。

這房子的主人遞給他一把繪著卡通人物的塑膠板櫈，自己也坐入另一把裏面。「家教中心跟你提過教的是個小學生吧？」她微駝的身體向前傾，把整隻頸子壓入肩膀之中，跟著堆出第二層下巴。除了略顯發胖外，她大致上還算是個標緻的女人，皮膚非常白皙，幾乎看得到皮下的微血管。

「提過，上小學五年級是不是？」

「過完暑假升五年級，」說著，掉過頭對內室喊：「小毛，小毛，出來見家教老師。」沒有反應。她又喚了一次，一邊道歉著，一邊起身到內室去，踅了一圈又回到客廳，「不見掉了，剛剛還看見他躺在床上看漫畫，」她歪著頭，用食指輕輕敲著太陽穴，「他知道家教老師下午要來的。」

「沒關係，」他堆著笑敷衍著，待話出了口才發現自己反應不是很得體，忙著又補充一句：「我可以等他一下。」

那一等就等到了黃昏。女主人礙著他的存在，接個電話都要壓低聲量，到客廳倒杯水也得一路道歉，並且一再申明自己的立場：「這孩子太調皮，無法無天，以後要多麻煩老師了。」

他實在想像不出一個十一、二歲的小娃兒如何在處處由成人把關的臺北市耗上一整個下午，做母親的除了不斷對讓他枯候表示抱歉外，似乎並不著急，這一點也令他十分不解。

他對臺北的感覺可以代表所有低消費能力的學生：忙亂、冷酷、昂貴。他前段日子在一本學生刊物的封底上看到梵谷一幅題為「夜間咖啡館」的畫作，畫面上骯髒的黃色、呆板的綠色、病態的紅色，和彷彿具有催眠力量的黃暈的燈光，在在都使他聯想到燈火初上的夜臺北，兩者同樣都充滿邪惡和醜陋的色彩。

他眼前那幅繪著甜美的田園風光的廉價壁畫，在微薄的天光中，突然失去它童稚的色彩，變得死氣沉沉。他環顧四周，看到的只是一屋子孤寂而沉重的暮色，他突然感覺到這是個扼殺活力與希望的房間。

他站起來，故意踢翻塑膠板櫈，堆在他膝上的一疊過期的畫刊跟著嘩啦啦掉到地板上，把女主人從內室引到客廳。「我想我該走了，天都黑了，」他幾乎不想要那份工作了。

「對不起，讓你等那麼久，」女主人已換上另一身裝扮，臉上化著面具似的濃粧，「請你下星期一晚上八點再來，家教費就從這星期開始算起。」

那是他升大三那年的暑假。

擺在眼前的是長達兩個多月的假期，但是他不想回家，放假前一通電話打回家，母親支離破碎地提了些跟父親辦離婚的事，彷彿是父親外面另外養了個女人，「年紀小得可以當他的女兒，」那女人已經養了一個孩子，母親在電話另一頭說：「帶出去人家還當那孩子是他的外孫，」父親與母親做了二十幾年的怨偶，總算等到孩子都大了，經得起家庭的變故，這才終於扯破臉，鬧起離婚來。「他跟那女人在一起的事我早就知道了，就是不想去揭穿他，他當我真是又聾又瞎？」母親說這話時口氣很平靜，大概心真的早就冷了。父親的那個女人在鎮公所裏跟他同一課，說起來也算是個好人家的女兒，聽說早些時候曾經在臺北做過一段時間的事，大概是受不了大都會劇烈的競奪，後來經人引薦，才回到家鄉的鎮公所謀份差事，草草安頓下來。「我就是想不透，她為什麼要個有大半個人已進了棺材的老頭子？」他母親扔給他一個問題。

他感覺他母親十分殘酷，說起他父親來，似乎就只把他當成一個敗德的老男人看待。他打的是公用電話，嚨嚨的市聲直往他耳朵灌，身後還有三兩個心神不定的人等著用電話。他心中浮起一股隱隱的嫌惡之感，對著話筒微弱地抗議：「媽，爸也沒多老，妳不要那樣子說他。」他母親冷冷地答：「不老？人家都開始猜他的退休金有多少了。」他母親又在電話另一頭咕噥了一些什麼，他才抓住機會切斷話題，準備掛了電話。「放假你會立刻回來吧？」末了他母親追問了一句，他僵了兩秒鐘，臨時編了個謊言搪塞他母親：「我找了個家教，每個禮拜上三天課，大概得留在臺北。」

「你爸爸寄給你的錢不夠用嗎？」

他聽出他母親語氣中的失望與悵然，突然放軟了語調：「我想暑假閒著也是閒著，同學都去打工──是啊，我想賺點錢買書。」

掛掉電話後，他雙手插在牛仔褲的口袋裏，把自己丟擲在眼前那一片光影廝殺追逐的鬧市之中，讓一個又一個華艷豐美的都市女郎佔據住他所有的視覺空間，並且不斷地提醒自己並沒有因父母的離異而受傷，他試圖拾起腦中一首老歌的旋律，用破碎含混的口哨去吹奏它，但是失敗了。

淚珠在他臉頰上很快就變得冰涼，拭掉之後留下幾塊發緊的地方，籠在心頭的是一種噬心的寂寞，使他欲泣欲歌。他跌坐在紅磚道上一張銹黑的雕花鐵條椅上，把臉埋入雙掌之中，感覺自己被整個世界放逐了，卻又狂熱地渴想著去擁抱住某一個溫暖的軀體。那晚他給自己買了一瓶酒。

三天後他透過一處家教中心找到那份家教的差事。他循址爬上那個三樓的住宅，順利地獲得那份短期的工作。事後家教中心的一名職員告訴他：「已經很不錯了，肯付國高中的價格請你去教個小學生。教國高中麻煩死了，大部分上課之前都要寫講義，上兩小時課也得花兩小時準備教材，錢不好賺哪。」

他第二週上課終於看到他的學生。

「說呀，說，說連老師好，」做媽媽的把一個瘦小猥瑣的小人兒推到客廳，「叫連老師。」

「連老師好，」粗嘎、發乾的童音：「媽媽說連老師的連是連連看的連。」

他笑了起來，輕輕擰了小孩蒼白的臉頰一記。那孩子長著清淡的眉毛，透著猜疑神情的淡褐色眼睛，小圓鼻頭，多肉、濕潤的嘴唇和尖俏的下巴，是個五官整緻的小人兒，「看起來像個混血兒。」他對孩子的媽媽說。

「他是個混血兒呀，」做母親的睨了孩子一眼，「奇怪的是大部份的混血兒都長得很胖很大個，他就是不長。」

「還沒開始長，」他替孩子提出答辯詞，又回頭拍拍孩子的頭，說：「努力長大是做小孩子最重要的工作，你要多加油啊。」

女人笑了起來，一把攫住那個面無表情的孩子，拍拍他的面頰，說：「告訴連老師你叫什麼名字呀。」

「黃大偉，大小的大偉大的偉，你叫我David就好了，大家都這麼叫的。」孩子大概經常介紹自己，一長串話是一口氣說出來的。

「好，David，」他拉拉塑膠板凳正對著孩子坐下來，「我們是不是要開始上課了？」

女人拉出一張收到牆角去的折疊式小書桌來，拉出收起來的四隻腳，把書桌擺在大小兩個男孩面前，「這桌子是小毛做功課用的，會不會太小？很像在扮家家酒是不——」

「媽，請不要叫我小毛，請叫我David。」大偉打斷他媽媽的話。

「叫小毛有什麼不好？」女人依然笑嘻嘻的，「小毛是他的小名，他小時候頭髮又少又黃，我就叫他黃小毛，但是他喜歡人家叫他David。這小孩子有虛榮心，到學校去總跟同學說他爸爸是美國人。」做媽媽的只是說了算數，話中完全沒有指責或勸誡的意味。

但是孩子抗議了：「什麼虛榮，我才不稀罕當美國人呢。我長這樣子，人家一看也知道我不是純種中國人，人家問啊，人家問我就說。」

「你說什麼純種不純種？你又不是小狗，怎麼可以這樣說自己？」做媽媽的挑出孩子的語病，然後討好地對他說：「不會說問連老師呀，他現在是你的老師了，有問題可以請教他。」

他附合她：「你不可以說你不是純種中國人，應該說你只有一半的中國血統。」

女人把兩人扔在客廳，隱身在內室。他聽到她放水洗澡的聲音，她一邊洗澡一邊唱著一首非常俗艷的流行歌曲，約莫半個多小時以後，她已打扮妥當，肩上掛著一個小皮包，準備出門去。「媽媽來不及去幫你買便當了，」她從小皮包裏抽出兩張百元鈔票，「你等一下請連老師到樓下去吃孫東寶牛排。」

他來不及推拒，她便帶著一股香風下樓去了。「我媽媽七點上班，要上到十二點才下班。」

黃人偉跟他解釋。

「她上什麼班？」他問，話出了口才發現有刺探別人隱私的嫌疑，立即又追了一句：「怎麼這麼晚才上班？」

大偉似乎考慮了一下，才鄭重其事地說：「她在一家餐廳當經理，就是那種可以吃東西、喝酒、跟朋友聊天的餐廳。」

2.

他在電話中告訴他母親他教的是個高三準備升大學的學生，掛掉電話之後他開始分析自己這個白色謊言背後的心理動機。是的，基本上他對自己手頭上這份家教工作根本不帶勁，三個星期的課上下來，他發現課讀的成份遠比教書的成份來得重。每週上三個晚上，每個晚上從八點上到十點，上完課剛好送孩子上床，再順道檢查門戶，這大概也是那個過夜生活的年輕媽媽打的如意算盤吧？這話說出來準會招惹旁人笑話，一個國立大學經濟系的學生竟然跑去當保姆。他當然不能把實情說給他母親聽。

家裏那頭還在鬧著。他母親正在跟他父親談條件，「我跟他說讓他搬到外面去住，這房了說什麼我也不讓出來的。他負責你跟你弟弟的學費跟生活費，每個月該寄多少由你們決定，我哩，我搬到二樓去住，把樓下清出來租給別人，收點房租日子就打發得過去了。」

他知道他母親有些精神上的潔癖，一知道丈夫外面有了人後，哭鬧了幾次心就冷了，就連名份也不要了，鬧著離婚的態度比出軌的丈夫還要來得堅決。「讓他去嚐嚐苦果，快六十歲的人還敢養小老婆和小孩子，看著吧，看他是不是有本事可以把那孩子拉拔到小學畢業。」

他後來打了通電話到他父親上班的鎮公所去，父子兩人隔著一條電話線老半天說不出一句話來，直到這頭電話機吃掉他丟下去的銅板，他才搶在電話被切掉之前丟給他父親幾句話：「爸，你跟媽的事我都知道了，媽都說了，」在他來不及把後頭的話說清楚之前，電話就斷了，縈繞在他耳邊的是嘟、嘟、嘟單調的空線聲響。他掛上電話，感覺自己在心理上是父親的男性同謀，就只差沒在電話中致上慰問之詞。他突然發現自己所以在放了假後還遲遲不肯回家的原因，就是不肯給他母親當面非難他父親的機會。

不上家教課的時間，他便把自己扔在那口一張榻榻米大小的鐵架床上，一邊抽煙一邊看租書店租來的翻譯日本推理小說。臺北這個昂貴都市的休閒生活，完全沒有一個窮大學生的份，偶而上街，他也會停駐在一家又一家以觀光客為主要顧客的餐廳前面，隔著玻璃櫥窗仔細比較每一道蠟製餐食的價格，一面盤算著領到家教費後要來狠狠地打一次牙祭。

逢上上課的日子，午餐他總用一個麵包草草打發掉，留著一個空肚子到學生家吃晚餐，因為黃大偉的媽媽總是會張羅兩人份的餐食留給他們。「儘量吃，吃不完的用塑膠袋包好，丟廚房的垃圾桶，我回來再收。」她總是這樣吩咐，偶而她也會擺一些進口的水果或精緻的西點在餐桌上，留著給兩個男孩子上完課當點心吃，有一次她甚至還留了一整盒瑞士原裝進口的乳酪蛋糕給他們，「我媽媽說這蛋糕很貴，說不定要幾千塊，這是她的朋友派人送來的，她的朋友都很有錢，常常送我們很多東西，」黃大偉邊吃蛋糕邊說話，眼光就停在他臉上，見他沒什麼特別的反應，又繼續說：「前天我們吃的巧克力和富士蘋果，也是我媽媽的朋友送的。」

大偉用的是平鋪直敘的語氣，倒不太聽得出話裏有炫耀的味道。他望著眼前那個半大不小的孩子，突然覺得那小人兒出奇的精靈與老成，有幾分鐘時間他簡直不能拿他當小孩看待。「我媽媽也唸過大學，她會講英文、會講日文，也會講一些法文，她去過很多地方，有好多我媽媽的男朋友都想跟她結婚，她還在考慮。」大偉話匣子一開就關不住，然而他只是平淡地敘述一件事，就好像那件事與他沒有多大關係似的，「很多人——很多男人，認為我媽媽很有魅力，」他再強調一次：「很有女人的味道，他們都很寵她。」說完聳聳肩膀，雙手一攤，表示自己無法搞明白那回事，「你知道，那種事小孩不懂。」

大偉的措詞、語氣和說話的神態完全不像個小孩，不，他想，不是小男孩，而是一個小型的男人。他發現自己咧著嘴對大偉傻笑著，「人小鬼大，」他探手過去敲大偉的頭一記：「你知道的可真多啊，誰教你這些？」

「我自己的觀察。」

他想及稍早大偉的母親出門的裝扮。她穿一件高領長袖的黑色毛衣，腰繫草編皮帶，再加一條艷紅色的絲質打褶長裙，長裙下面是一雙黑絨細跟高跟鞋，她聽任那頭蓬鬆的長髮披瀉下來，削去半邊的臉頰。她那身火辣、奇艷的裝扮，使他聯想到不久前看的一支片子「蕩婦卡門」中女主角卡門的造型。

當兩人再回到客廳的小書桌前時，他清淡地問了一句：「你爸爸為什麼沒有跟你們住一起？」其實他早就想過這個問題，也想到可能的答案了。

黃大偉不假思索地說：「他人在美國，他常常飛來臺灣看我們，可能再過一段時間，他就會來把我們接到美國去住。你知道，他很忙的。」

「他在美國做什麼？」他問，不知道該不該問那孩子的故事。「他的職業是什麼？」

「他啊，他是個軍官，海軍軍官，管很多很多兵，還管一條軍艦。」大偉說到這裏停了一下，很快又聳聳肩膀，突然靦腆地笑了笑，說：「我媽媽不喜歡我談太多我爸爸的事，她不喜歡我表現出跟其他小朋友不一樣。」

3.

孩子的母親本名叫黃寶猜，在中山北路曲巷一家酒廊上班，在那兒她另外有個比較羅曼蒂克的名字，叫曼曼。

告訴他這些事情的是房東太太，她幾次登門沒逮到人，倒是零零星星地透露了母子兩人的一些背景資料。「她呀，她從來沒有準時繳過房租。人家說做她們那種的很有賺頭，我倒看不出來，除非她外面又另外養了人。」房東太太停下來，狐疑地看了他一眼：「你說你是她請來的家庭老師？她倒是蠻關心小孩子的教育問題啊。」

面對這麼個粗鄙、尖刻的女人，他非主非客的身份使他不知如何應對是好，但是基於禮貌問題，又不能充耳不聞，只得吩咐黃大偉先默一段書，他自己則開始翻看電視機上的一疊舊報。

「你教多久啦？」房東太太又問，全然不管他的不耐之色。

「教了一個多月了。」他答。

「你有沒有拿到家教費？」她又問。

「拿到了，我媽媽上星期給了他四千塊，」黃大偉搶著答，一面徵求他的同意，語氣中有著明顯的敵意。他點點頭，同意黃大偉說的是事實。

「她沒錢繳房租，卻有錢請家教老師，這我倒是要好好問問她。」房東太太兩眼仍然盯著他看，好像要直接從他身上找到答案似的。

一絲嫌惡之感突然浮升上他的心頭。眼前這個矮小枯瘦的中年女人一定把他想成一個被豢養的小男人了，她鄙薄的眼光說明了這些。他扔掉報紙，對她說：「大偉的媽媽可能很晚才會回來，妳要不要晚一點再來？」

「我就在這裏等她。」她很篤定地答。

黃大偉默完書後，他拿過課本一字字地核對。黃大偉用原子筆輕輕推了推他的手背，然後做了一個鬼臉，快速地拿筆在他剛剛用來默書的那張紙上寫下幾個字：「討厭的老巫婆，」又用拇指指指他背後的房東太太。

他輕輕敲了黃大偉的頭一下，罵了一聲「小鬼」，不由得笑了起來。

他與黃大偉這番親密的言行落到房東太太眼裏，又招惹了一陣狐疑的眼光。

接下來一小截時間，他根本沒有心思去指導黃大偉的功課，只草草抄了幾個演算題讓孩子去傷腦筋，自己坐在一旁兀自發起呆來。

他知道房東太太說的一切都是事實，這是一個問題媽媽加問題小孩組成的問題家庭，打他第一次上課開始，黃大偉就不斷地說謊話，他編造自己的身世，編造他母親的學歷與職業，甚至編造那個在他出生之前就遺棄他的美國爸爸的背景資料。「我爸爸的頭髮顏色跟我一樣，是淡褐色的，他的眼睛是藍色的，當然，不像天空那麼藍，可能也差不多。他個子很高很高，像北斗之拳那樣子，當然比你還高囉，我跟你講過了嗎？他是個海軍軍官，管很多兵。」黃大偉有一次跟他提到他的美國爸爸，還向他描述了「美國爸爸」的相貌。後來他跟做母親的閒聊，才知道黃大偉從來就沒有見過他那個美國籍的父親。「他告訴學校的老師跟小朋友同樣的話，老師打電話來跟我說，我只好依他的意思講，免得老師把他當說謊的孩子看待，但是這種事是瞞不了人的。連老師你有機會就開導開導他，請你來，除了幫他補習功課外，也希望他能拿你當榜樣，學學做個正常的人。」

「黃小姐，不要這麼說，」他習慣稱她黃小姐，「很多小孩子都會說謊，大一點以後自然就會改過來。」他安慰做母親的，但是心裏可沒有那麼樂觀。有些人會說各種小謊言說一輩子，只因為不夠自信或缺乏安全感，他大學裏就有一個男同學成天找人討論各種名牌車的性能，不斷暗示他來自一個玩得起外國車的家庭，但是寒暑假裏卻得為下個學期的學費去打各種零工。

「他已經快滿十二歲了，並不算小，」孩子的母親說，語氣中倒聽不出有什麼憂慮與不快，她是個生性開朗、樂觀得近乎懵懂的婦人，「下一次他再說謊，你就當場拆穿他好了，羞他幾次，也許他就會改過來。」

他不是個特別心細的人，但仍然知道不該那樣對待黃大偉。每次他想起黃大偉那張瘦削、充滿非難與憂鬱的臉龐，心中就泛起一股不知名的傷痛，他知道那孩子也只是個犧牲者罷了。他只能同情，無由仲裁。

也許因為太了解黃大偉的好惡，他對房東太太竟也有一種莫名的敵意，那婦人的出現與存在，使他微微感到不快。

房東太太似乎意識到他的敵意，不再跟他搭話，原先的氣焰也落了一些，正垂著頭撥弄自己的指頭，看她氣定神閒的樣子，大概真的是打定主意非得等到人不可了。

他一面望著那枯瘦的婦人，無端想起幾個禮拜前發生的一件事。

那天他準時到了，卻遍屋子尋不到孩子，黃小姐一會兒指責孩子，一會兒向他道歉，兩人等到她臨上班前，還不見黃大偉回來，他只得跟她一起下樓，準備隔一天再來。沒想到兩人樓梯才下了一半，就遇見鬼鬼祟祟摸著黑上樓的孩子，他大概沒看到跟在他媽媽背後的老師，劈頭第一句話就問：「連老師走了嗎？外面冷得我要死，」兩句話剛說完，就看到跟在他媽媽身後下樓的老師，連忙拿手摀住嘴巴，以免再漏口風。

那個年輕的媽媽一把把小孩逮入懷裏，把他領到樓梯的轉角，附在他耳邊講了一些話，回頭才把孩子交給他，讓他領到樓上去上課。那天原本是他領家教費的日子，他有幾個計劃就等著用那筆錢去付諸行動，他需要買幾本書，也希望能利用暑假的空閒時間去補習中等會計，同時西門町剛上了幾部很不錯的新片。這些計劃在家教費沒拿到之前，只得暫時擱淺了。

黃大偉開了門後，他把手上抱的東西往小書桌一丟，疾言厲色地逼問那個一臉疲憊之色的孩子：「你到那裏去了？你明明知道今天我要來上課，你是不是故意跑出去玩？」他在對一個孩子發脾氣，但是他不想去收斂他的怒火，「我第一次來上課你也不在，我一共等你兩次了，再讓我等第三次，我就不來上課了。」

黃大偉跌坐在一把塑膠板櫈裏，低垂著的頭乍看之下幾乎被夾在兩肩之中，那孩子真是瘦得只剩下一把骨頭了。「你第一次來，我跑出去玩，跑去我同學家看日本卡通錄影帶。今天我不是跑出去玩，」他說到這裏，突然放棄抗辯的機會，頭又深深地垂下去。

「那你跑到那裏？」他語氣中透露著一絲憤怒，如果再兩天還沒領到家教費，他恐怕連吃飯都成問題了，家裏都知道他已找到一份家教工作，除非他寫信或打電話回家求援，否則暑假期間是不可能給他寄錢的。「你知不知道你在浪費我跟你的時間？你這樣是不對的。」

「我又不是故意的，」他喃喃地說，頭仍然垂著，「我又不是故意的，」黃大偉的肩膀開始抽動，兩個巴掌張得大大地覆住了臉，在一陣掙扎之後，他終於哭了起來，淚水來得很猛，一滴又一滴地滴落在地板上。

他原本一直以為那些眼淚是悔過的表示，但是剛剛房東太太的一席話使他的想法有了改變——是不是因為那個年輕的媽媽一時付不起家教費，乾脆教小孩到外面去玩，讓老師無法教完足夠的時數，付家教費的時間就可以順延？這一閃即逝的念頭困擾住他，雖然他第一個月的家教費已經領到了，心中仍然留著一個疙瘩。

黃大偉解不出演算題，正支著額發呆，他不去理睬那個孩子，兀自在室內繞了一圈。

房東太太眼光追著他滿室繞，待他又坐定之後才開口說話：「你看，看，把我這面牆塗得五花十色，原來是一面白雪雪的壁！」她乾脆用她的母語閩南話發言，「大人跟孩子一樣，手癢。」後面的話她又改口用國語說，大概是怕他聽不懂臺灣話。

他望著客廳牆上那幅拙劣的壁畫，眼光遊走在那人造的藍天、白雲，白雲下那個炊煙初起的人家，還有他頭頂上那些彩色的紙剪出來的星星、太陽與月亮，突然感覺到一種深切的悲哀，記起第一次置身這個客廳時，在暮色環繞之中，深深壓在他心頭的疲倦與失望之感。

4.

他啃了兩天吐司麵包，每次喝開水、撕吐司麵包吃的時候，便在腦中預習如何開口向大偉的母親索討家教費的說詞。黃小姐，不知道上個月的家教費是不是方便——他喝了一口開水，把接下去要說的話也跟著吞到肚子裏去。黃小姐，我爸爸媽媽知道我有份家教工作，所以暑假這一段時間不會給我寄錢，不知道您那兒方不方便——他又喝了一口開水——不知道您是不是方便把上個月的家教費給我？

那筆家教費應該在上一個禮拜領到的，他硬是一連三次都把上家教的時間提前半個多小時，希望能在大偉的母親出門前逮住她，但三次都撲了個空，她彷彿有意跟他玩捉迷藏遊戲，硬是不肯露臉。

上了兩個多月的課，他終於搞清楚一件事，大偉的母親找的並不是家教老師，而是一個在她晚上出門時陪伴大偉，給大偉壯膽的人。那女人入夜後才出門，總是非得三更半夜才回家，放著一個孤伶伶的孩子守住一個空蕩蕩的房子，任誰也不忍心，請個年輕的大男孩來，可以敦促孩子的功課，也給孩子添個伴，上完了課以後，還可以哄孩子上床睡覺，連帶檢查門戶。這個算盤打得很精，是他一開始所沒想到的，堂堂國立大學經濟系的學生，為了區區一筆錢，竟淪為臨時保姆，一個暑假也跟著泡湯了，開學後同學們在談經貿研習營、野外求生夏令營，或溪阿縱走、北海岸健行隊那類充滿陽光與汗水味道的話題時，他會是少數的向隅者，那時會不會拿拳頭去播教室的牆？會不會揪自己的髮？

而且這樣眼巴巴地在臺北餓著肚皮！甚至吃不起一碗牛肉麵。他想念家裏媽媽做的蔥油雞、豆瓣魚、苦瓜排骨湯和辣茄子，每天躺在鐵架床上等著入睡時，總要把那張家常食譜重溫一次，腦中浮起一道道色香味俱全的美食，精神跟著就來了，全身每個部位都休息了，就胃還醒著，變得異常聰明敏銳，熱切地反應著腦中對食物的遐想。

他給他母親打過幾次電話，問候家裏一切是不是都好，就是開不了口問她要點零用錢，一種奇異的自尊，和下意識對她隱隱的憎惡，使得他不願意接受他母親任何物質上的救援。他甚至是清醒著享受饑餓與窮窘帶給他的身心壓力，他跟他父親、母親一樣在受著苦，沒有人應該從他那兒要求同情與憐憫。

他在饑餓中體認了心智清明的另一種意境。他搭公車行經燈火流麗的夜臺北，目睹這個奢華的城市墮落與無知的種種面貌。年輕的女人用蜜絲佛陀、蕾絲滾邊的衣服、玻璃絲襪，和細跟高跟鞋把自己裹成一件精美的商品，在大街小巷販售著她們的青春與慾望。賣香酥炸雞、椰子汁、韓國魷魚羹、香菇肉粽的小販，由不同的角落湧向入夜後的街道，蝟集在骯髒的被行人佔領的角落，吆喝著廉價的吃食，展開一日裏的營生工作。腆著個肥大腰身，帶著幾分酒氣的各色小商人，不斷付出鈔票，買一個女人矜持的微笑、買幾分醉意、買餐廳或酒吧侍者一份短暫的敬意。

他燃燒起熊熊的饑火，尖刻地批判一城敗德的男人與女人。他口袋裏只有一張剪缺了口的公車月票和一些零碎的小鈔與銅板，但是饑餓的感覺使他成為一個哲學家、一個一人道德評議委員會的發言人，冷眼看著人們在這墮落的城市裏酒肉徵逐，夜夜笙歌。

他偶而仍然想念他母親做的蔥油雞，也想念他的母親，用一種十分苦澀的心情，他想到他母親做為一個女人的失敗之處，連帶地，也想到他父親旺盛的男性慾望之火，一輩子都快過去了，仍然還有勇氣創造生命，仍然有勇氣引發風暴，焚毀自己一手建築的世界。

他原本還要餓自己幾天的，他還能忍受下去。但是那女人終於把家教費給了他，「連老師，實在很抱歉，」那女人解釋，手裏揮著幾張千元大鈔，「我最近比較忙，沒有碰到你，家教費拖了好久，很抱歉，真的，我不應該拖那麼久的，實在是太忙。」

她剛剛才踏入屋裏，便急急把錢從皮包裏掏了出來。她畫著螢光藍的眼影，描著腥紅的唇，頭髮蓬蓬地散在肩頭。她是個年華逐漸老去的女人，看得出來活下去對她已經是一件很艱難的事，尤其是在這麼一個昂貴而無情的城市。他收下她遞過來的錢，把那幾張大鈔塞在牛仔褲的口袋裏。他憐憫她，憐憫所有的男人和女人，活下去本身就是一樁壯舉，值得為它乾杯。他也憐憫他父親他母親，也憐憫自己。

「連老師，我請你吃宵夜，」女人猶豫了一下，不確定自己的邀約是否太過莽撞，「你明天沒有事吧？我請你吃宵夜，小毛給你很多麻煩，你對他那麼好，我真該好好謝謝你。」

做母親的安頓孩子上床睡覺，才陪著他下樓，「我不要小毛養成熬夜的習慣，過了晚上十點以後就不帶他出門，小孩子不能太寵，什麼事都由著他，會沒規矩，小毛還算乖，也聽話。當然，他有時候會說謊話，他太虛榮了，總是喜歡表現自己跟別的小朋友不同，說真的，那個小孩不撒點小謊？小毛還算乖。」她一路零零碎碎地說著，不讓兩人之間有冷場。他想，那也是她的一種職業習慣吧。

他原可以拒絕她的邀請的，但是他沒有，基於一種自己也不甚明白的心理，他不忍心拒絕眼前這個傖俗、無害的女人的好意。他甚至有些兒同情她，如果他能對自己更坦白一點，也許甚至會承認自己對她的靈魂有著不當的好奇。

她領著他穿過幾條閃爍著霓虹燈店招的曲巷，巷子裏都是些專營觀光客生意的酒吧、咖啡館和小酒館，這是他所不熟悉的臺北，他望著巷子裏三三五五流蕩的男女，對眼前這個不夜的世界懷著幾分隱秘的恐懼與好奇，那一扇扇緊閉的門後，有多少成年人的秘密交易在進行？有多少女人正在典當著她們的青春？

她選擇了一家營業到凌晨兩點的日本料理店，由店主對她親熱的招呼，他猜想她是這兒的常客。一定常常有男人帶她到這類地方來吃飯吧，他想，當她跟那些男人在一起時，都聊些什麼？做什麼事情？這些念頭使他微微感到不安，但是當一股溫暖的烹煮食物的香味襲向他時，他的注意力很快地轉到那口冰鎮著作料的冷藏櫃，他記起有很長一段時間他不曾吃到一頓像樣的飯了。

5.

事情發生得太突然，他一直就處在一種被動的位置，毫無左右任何事情的能力。他喝了三壺多的日本清酒，帶著醉意聽她陳述她半生悲涼的遭遇。她說，曾經她也是個好人家的女兒，高中畢業後便帶著簡單的行李到了臺北，當過車掌、店員、和貿易公司的小妹，為了日後能找一份體面的工作，她到補習班補習英文，從一般會話到商用英文都修了，「我那時很上進，也很會作白日夢，我還夢想過自己開家貿易公司，做個女強人。」她苦笑。她燙了一個爆炸頭，描著誇張的眼線，打很重的腮紅，唇膏已經被她自己吃殘了，只見兩片沒有血色的唇。年輕些時，也許算得上是個美女，她有著尖俏的瓜子臉，豐滿的面頰和一對媚眼。「那時候我真的很上進，別的女孩子用來買化粧品和漂亮衣服的錢，我都用來買書和繳補習費，我也補習英文打字，每分鐘可以打到五十個字。」

事情發生得太突然，一頓飯時間，他對她由陌生而了解，由好奇而尊敬。好一個勇敢、進取的女性。「我上班那家貿易公司的一個秘書小姐認識幾個住天母的外國人，每回那些外國人開party，總叫那個秘書去找女孩子，有一次那個秘書打電話找我，我就去了，那時候我心裏想，去練習英文會話也好，平常也沒機會。」

她去了，穿著最好的一套衣服。那些看慣臺北東區商界精明幹練的職業婦女和中山北路酒吧裏傖俗勢利的酒吧女的外國人，見到一個脂粉不施、一身素淨衣裙的青澀中國少女，不由得耳目一新，紛紛跑來獻殷勤，遞飲料與食物、邀舞、找話題，甚至開開心心地糾正她那口破碎不堪的英語，她成了那個派對裏男性人口心目中的安琪兒，她的年齡介於他們的女兒與情人之間，因此他們對她的情誼裏也包含著父兄情懷與異性相吸兩種成份，「我出了好大的風頭，」她臉上有著回憶的餘溫，「讓平常那些趾高氣揚的秘書小姐很吃醋，她們當真吃醋嘍，後來都不太跟我講話。」她笑了，整個人回到少女時代裏某個有鮮花、美酒和音樂的夜晚。

故事還沒結束。有個從美國來的電機工程師事後打電話給她，帶她到一家標榜純法國風的餐廳吃一頓燭光晚餐，那個晚上她守在燈下寫了十幾頁的日記，完整地紀錄了整個約會的過程。她感覺自己是二十世紀末期臺灣臺北版的辛特麗拉，一切連夢都不敢作的美妙事兒，一天之間全發生在她身上了。寫完了日記，她又奮力背了兩章《美國當代慣用語》才上床睡覺。

黃大偉就是那個美國來的年輕工程師的兒子。吃了燭光晚餐之後的下一個星期日，他又開著車子來接她出去，他帶她到他那個客廳附設吧檯的單身公寓去，親自下廚為她煎了一塊薄牛排，開了一瓶夏堡，拿出兩個鬱金香高腳杯，與她在史特勞汶斯基的音樂中對飲。他的眼睛充滿一種溫柔的渴望，她憑女性的本能知道他正熱切地戀慕著她。她幾乎用不上她那口破碎的英語，所有的溝通都用眼睛進行，她只聽到他一再地重複一句話：「天哪，我不相信這是真的，這麼一個天使般的人兒就在我眼前。」她再喝下一口日本清酒，給自己點根煙，連她也不相信那一晚是真的，她悲苦地笑了一下，撩起眼角兩把魚尾紋，「他當時確實是很愛我的，我發誓，他當時確實是很愛我的，God，我連這點都不能確定，我做人還有什麼意思。」

她懷了孩子。她才十九歲，心裏又快樂又悲哀，不能決定是不是要告訴他這個消息。花了兩個多月時間，她才完全確定那是事實，她就要做母親了，她就要生個藍眼的孩子，那孩子有個年輕英俊傑出的父親。下一次約會時，她忐忑不安地等待一個最適合宣佈那個好消息的時刻，她吃下生平第十九塊薄牛排，喝了不知道第幾杯夏堡，她尋找一個符合標準英文文法的句式：「達令，我想我不該再隱瞞你了，我猜想，我們有了個孩子。」

那藍眼的年輕工程師一口酒不及嚥下，酒杯就舉在半空，先是狐疑地望著她很久，隨後揚著聲音問：「妳是在開玩笑吧？我沒聽錯？」

她兩隻巴掌緊緊握住那個大頭酒杯，熱烈地說：「沒有，這是真的，你沒聽錯，這是真的，我猜，不，我想，不，我確定我們有了孩子。我知道，」她發現他對這個消息的反應不如她預料中的熱烈，心中空然有種不祥之感，口氣也轉了下來，「我知道，」她使用一個現在完成進行式，「我知道我已經有了。」

那藍眼的美國人喝掉杯中殘餘的酒，從椅子裏站了起來，「我第二次邀妳出來妳就跟我上了床，」他又為自己倒了另一杯酒，在客廳打了一轉，大口吞下半杯酒，又繼續說：「妳叫我相信那孩子是我的？」他指著自己的鼻子，像一個檢察官一樣，不漏過任何疑點：「妳也會跟別人上床的呀，只要他們約會妳。」

她才十九歲，而且喜歡作夢，「而且根本沒有錢去看醫生，真的，」她又喝下一口清酒，「我脾氣很硬的，他不承認那孩子是他的，我就賭氣要生下來證明看看，孩子總會長得像父母親的吧，我那時想，等生下來，把孩子抱去給他看，他就會認這個賬，好歹他會看出來孩子是他的。」

她根本沒有機會去證明任何事情，那個美國工程師為了怕不必要的麻煩，主動請調到那家跨國家電電器公司的開羅分公司去，臨走之前沒有給她一通電話或隻字片語。

「為什麼大偉認為他的爸爸是個美國海軍軍官？」年輕的家教老師提出一個問題。

「我恨那個人，我真的恨他，我不希望大偉記得他，就隨便編造另一個人來騙大偉。我跟大偉說，他爸爸是個美國海軍軍官，管一條大船，管很多水兵，大偉很滿意，他到處跟人說他爸爸是個美國海軍軍官。」她瞇著眼抽了一口煙，把半根煙截死在煙灰缸裏，「可憐的孩子，人家不要他。」

事情發生得太突然，他完全醉了，他喝了三壺多的日本清酒，帶著醉意由她護送著回到他那個兩坪多的小蝸居。事情發生得太突然。她哭了，蹲在他的鐵架床前，「我羨慕你，你這麼年輕，充滿希望，我羨慕你，你有明天，而我什麼都沒有，」她把他安頓在他那口一人份的鐵架床上，歪著身子對他講話，「知道嗎，我羨慕你，羨慕你年輕、健康、有希望，羨慕你還是個學生，無憂無慮，」她拍額頭，歎了一口氣，「我逃也逃不掉了，小毛他需要我，我就為了他，過我不愛過的生活。」

他被打動了，坐了起來，鄭重其事地說：「我敬佩妳，妳為妳的孩子犧牲好多。」

她又哭了，對他搖搖頭，說：「我不是個好母親，小毛很孤獨，小毛不是個正常的孩子，小毛將來長大會恨我的。」她把臉埋在雙掌之中，肩膀不停地抽動著。

他把她攬入懷裏。事情發生了。

她穿著露出一半乳房的胸罩，他覺得她的胸脯看起來像嬰兒的屁股。胸罩的扣環在前面，他摸索了好久才解開它。他想要讓自己保持冷靜，但是光他的心跳聲，就足夠吵醒幾層樓的人。她自己脫下剩餘的衣物，只留著腳上那雙高腳鞋。他開始解開襯衫的衣扣，她抓住他的衣領，把他拉向她，低低地說：「我來。」

他馴服地由她解開他的襯衫和牛仔褲，看著她把他的衣服扭成一團，丟到牆角去。當她做那些事時，她顯得十分專注，態度很堅決，他聽任她的擺佈，一面猜測著她的年紀，三十？三十三？三十五？他不禁想著，年紀大的女人是不是就比較好色？

她抽下鐵架床上的那塊床單，把它鋪在磨石子地板上。等他全身赤裸時，她就把他推倒在地上。她力氣很大，他嚇了一跳，事後憶及這一幕時，仍然吃驚不已。就那麼幾個翻滾、緊抓、舉高，他就被夾在她的兩腿之間了。

他在黑暗中胡亂探尋，直到她滾燙的手指引導著他，他才找到門路。她伸直膝蓋，足踝交纏在他背後。他年輕，莽撞、粗野，而且沒有經驗。他既恐懼又興奮。他在心中喊著母親，掉了幾滴眼淚，在一次驚心動魄的抽動中揮別了他青蒼的歲月，完成了他的男性。

她扯著他的頭髮，啃囓著他的額頭、嘴唇、喉結，然後輕輕咬住了他的頸動脈。她不讓他歇手，雙手抓得他的肋骨發疼。她混身發燙、潮濕，像口深不見底的井，他害怕他會淹死在裏頭。他在心底輕輕地叫了幾聲媽媽，然後滾離開她身邊，有幾秒鐘時間幾乎喘不過氣來。

6.

他再也沒有回去那個牆上畫著胖大雲朵的房子，他努力地想遺忘有關那個過氣的吧女和混血男孩的一切，但是他辦不到。記憶彷彿有重量，而且會繁殖，逐漸變得碩大無朋，君臨著他的心口腦際，他痛苦地發現，自己將會準確、清晰地把整個暑假所發生的事情記在心中，往後的生命也將建築在這一段回憶上。

事情過後，整整有兩天時間，他把自己囚在兩坪多的小蝸居裏，一動不動地躺在鐵架床上，聽著手錶秒針滴滴嗒嗒行走著的機械聲響。起先他雙拳緊握，指甲深深陷入掌心的肉裏，隨著時間的流逝，他不斷更換躺臥的姿勢，最後終於從床上坐了起來，冷冷地掃視室內混亂的景象，心裏想，這是我一生最重要的一個場景，我在這兒斷送了童貞，然而眼前這一切多麼令人不忍卒睹！

眼前的一切折磨著他的神經。床單仍然鋪在磨石子地板上，上面還留著兩人的體味。牆角靠木板門的地方，扔著他的襯衫和牛仔褲，那條牛仔褲從他身上被剝下來時，整條翻了面，有幾個銅板從口袋裏滾出來，滾到牆角與床下去。匆匆被拉上的窗帘，仍然留有一條縫，午後的陽光就從那裏透入房間裏。更壞的是滿地揉成一團的衛生紙，事後兩人就用它來做清潔工作，現在它們躺在地板上，有如落了一地的喪氣的白花兒。

有幾分鐘時間，他腦中空白一片，隨後，他笑了起來，他對自己搖搖頭，一切都太荒唐，三壺多的日本清酒就叫他相信了她那套廉價、傷感的愛情故事，她創造了一個英俊、浪漫的美國工程師，甚至不惜為他掉了眼淚，在一個大學生面前抬高自己做為女人的身價，以逗引他對她的興趣。整件事，一開始就是一樁預謀嗎？

為什麼她選擇他？只因為他一直就在那兒，很容易動手嗎？她知道他很容易動手嗎？否則怎麼敢大膽地嘗試？

如果我沒有喝醉，頭腦一直很清醒，他想，那件事會發生嗎？也許我會自己招輛計程車回住處？也許讓她送，但是在樓下就跟她道再見？他坐在床邊，疲憊地想著，腦中一個新生的念頭突然使他背脊一震——但是我真的醉了嗎？醉到失去抗拒的力氣與意志？

他諦聽手錶秒針走動的聲音，微弱、單調、熟悉得像自己的心跳聲，像前天、昨天，像以往所有的日子的聲音。有幾秒鐘時間，他但願能回到昨晚以前，回到走入這個房門以前那段時間，他會慎重選擇每句話，每個舉動，使不該發生的事情不致發生。

他把手指插入髮根裏面，輕輕地吐了一口氣，同時小心地不發出任何聲音，免得它聽起來像歎息。他不會歎氣的，他不贊同用這種輭弱的方式來減輕心頭的重量。

他用饑餓來懲罰自己。整整兩天他什麼東西也沒吃，只是不斷地儲蓄、吞嚥口水，忍受著胃部越來越尖銳的餓饑之感，他要用餓瘦自己的肉體，來減縮體內的慾望之火。他零零碎碎地睡著，不斷地作著各種不同的夢。他夢到童年，夢到家鄉的田野，夢到他母親，也夢到他父親。他夢到自己騎著一輛單車，滑下一條很陡的路，一不小心失了手，單車在夢中不斷地下墜，他暈眩地抓住滿手的空氣。

第三天，他起床，粗略地整理了房中那團亂局，把衛生紙掃成一堆，劃把火在房中把它燒了，然後他找出一口塑膠袋，把床單和那套扔在牆角的衣服塞入塑膠袋裏面，再把塑膠袋塞入旅行袋裏。

他準備回家，回家看他的母親。

芳年

A・雷雅德與雪鵝

「在小鎮上一座古老的燈塔裏，住著一個叫雷雅德的守燈塔的男孩，他不但照應海上來往的船隻，也照顧著隨潮汐季節往返的野鳥，因為他是那麼喜愛那些堅毅、孤獨的野鳥，他在牠們身上看到獨一無二的生存的意志。雷雅德沉默寡言，對鎮上其他的人而言，雷雅德是令人好奇與畏懼的，因為他有著貴族的血統。」

「有一天，一隻雪白的鵝被風暴吹落在燈塔下的海岸邊，雷雅德便把牠抱回燈塔裏，悉心地照料牠的傷口。雪鵝一天天的復元了，到了雁群南歸的季節，雪鵝必須隨著牠的同伴飛去，雷雅德只好回到以往孤寂的日子，伴隨著他的，只有海浪擊岸的聲音，他再也無法回到以往的平靜與漠然。」

「直到有一天，雷雅德在地平線的那一端看到了熟悉的雪鵝的身影，他又快樂起來。雪鵝在他的燈塔前自由地飛翔，在天空裏畫下美妙的弧線，有時又停在他臥房的窗前。他每天一睜開眼睛，就能看到牠們美麗的羽毛和優雅的身姿。雷雅德再一次感到生命的奧妙。」

「二次大戰爆發，英法結盟對抗德國——對不起，我真希望這個故事沒有固定的時間與空間的背景，因為有了時空背景，就削弱了讀者對故事情感上的認同能力，我真希望這只是有關一個孤獨的守燈塔的男孩的故事而已。我剛剛說到那裏？哦，是的，英法結盟對抗德國，雷雅德，我們那個守燈塔的男孩，隨著英國艦隊到法國的敦克爾克去解救撤退的英軍，雪鵝隨著他飛越重洋，披甲出征。」

「雷雅德的英勇使得無數受困的士兵回到了安全地點，直到最後，他不幸中彈身亡，美麗的雪鵝在他所乘的那艘小艇上空盤桓不去。牠們已經失去了最要好的朋友。」

「孤獨的雪鵝後來又飛回雷雅德原來看守的燈塔，但是舊時景況不再，美麗的雪鵝黯然地飛走了，這次牠是永遠地走了⋯⋯。」

「這不是一篇童話，這是一九七五年出版的暢銷小說*The Snow Goose*，作者是Paul Gallico。我喜歡這個簡單的故事，我喜歡那個具有貴族血統的少年，我喜歡燈塔與雪鵝的象徵意義。」

「試著想像，一個具有貴族血統的少年，寧可把自己禁錮在一座與人事隔絕的燈塔裏，每天眺望著大海與天空，他仍然在執行一個人的本分，照應來往的船隻，但是真正維繫他情感的，卻是那些隨著潮汐與季節往返的野鳥。」

「雪鵝一天天的復元了，雪鵝有牠自己的航線圖，這是雷雅德左右不了的事。雷雅德崇拜的是什麼？是單純的生物律？是一種內在自發的秩序？還是一種他永遠到達不了的境界，比如翅膀、飛翔、天空與海洋？比如對一切的美與善毫不眷戀，甚至掉頭而去的超絕態度？雷雅德的孤獨與雪鵝的孤獨是不一樣的。」

「雷雅德的孤獨與雪鵝的孤獨差異何在？這個問題我正在研究，我需要時間，但是時間不一定會幫助我找到答案。不要再問我這種連上帝也解答不了的問題，求你。我們都需要時間。天哪，我是隻雪鵝或是個雷雅德。」

一、有陽光的風景

那一年他十三歲，小學六年級，開始在父母的允許下合法的逃家、逃學，長大以後回想那段日子，他根本理不清對自己的童年是怨恨還是慶幸，就像他永遠搞不懂自己到底是個冷漠或是個熱情的人一樣，國中、高中、大學一級級的升，他逐漸遠離童年、遠離家庭、遠離年少的回憶，為了避免重溫過往不愉快的舊事，他越來越不肯回家，一任父母在遠遠的家鄉一年年老去，他卻狠著心在一個與過去完全隔離的環境裏重新砌塑自己的生命。

記憶中的家，永遠是同樣的角色、場景與動作。母親哭了，拿起身邊任何易碎的物品往牆角一扔，接著抱頭竄回臥房，開始嚶嚶地哭泣。她越哭越來勁，但是一家大小三個男性完全不理睬她的眼淚，她的委屈在無人受理的情況下，自己也覺得不值，就收了眼淚，劃火柴為自己點支煙，開始橫起臉，隔著牆數落自己半生的際遇。父親在客廳冷肅著臉聽他的女人的指控，在忍無可忍又無力答辯時，便憤然拂袖，草草扔下一句「惡妻孽子無法可治」，便跨上機車揚長而去。於是母親便會從臥房裏奪門而去，張望已空無一人的庭院，深深的吐了一口煙，一邊跳腳一邊罵：「最好你就這樣走了，我倒可以圖個耳根清靜。」

碰到這種場面，他會牽著弟弟的手，把弟弟領到他們兩人的小房間去，把門牢牢地閂住，把成人世界所有的乖戾與紛擾鎖在門外。他會扔一本童話給弟弟，抽出一本《少年科學一百問》給自己，只要給他五分鐘時間，他便可以徹底把自己隔絕在父母所燃的戰火之外。他是個冷漠的孩子，自小對自己寄身的世界完全無感，母親總是在情感歇斯底里的發作過後，把他召到跟前，淚流滿面的要他表明立場，她會把他摟在懷裏，用眼淚塗滿他整張臉，說：「我就是放心不下你們兩個，但是我如果離開這個家，我到底要帶走那一個，我總得找個人替我做做主呀！」

他掙脫開他母親的環抱，冷冷的說：「妳帶弟弟走，妳帶弟弟走，我不想轉學。」他不想轉學，何況他喜歡父親多過於母親，他要留在那個他所熟悉的家，家中有他所有喜愛的書和他的床鋪，隔天只要他一上學，就會看到所有的老師與同學，他們只知道他是個功課好的學生，而不知道他有一個殘破的家。他甚至跟弟弟商量過了：「你跟媽媽去好了，將來我一定會去看你們的，我會叫爸爸也去。你要的東西都讓你帶去沒關係，我有錢自己再去買。」

他母親籠絡他，老是用錢來施惠。在他們住的小鎮上，一個小學生可以買到他所要的一切東西，這是他母親的想法。但是他想去一個很遠很遠的地方，遠到聽不見他父母爭吵的地方，遠到他想不起自己還有個家的地方。

他住的小鎮很小，他母親要他去買煙買酒，總是要再三囑咐，要他在不同的雜貨舖買，免得旁人起疑心，因為他父親是不抽煙的，他父親也不在家裏喝酒，他在酒家或餐廳喝。他母親總是把他去買煙買酒剩下來的零頭犒賞他，他就把那些錢集合在一起，希望有一天他可以買張火車票，坐車到遠遠的地方去，那時他不再是任何人生的小孩子，而是《西遊記》裏的孫悟空，或者是《基度山恩仇記》裏的艾德蒙・鄧蒂斯。只有一身超絕的本事，但是沒有生家身世、沒有父母。一張火車票可以幫他完成另一個自己。

他開始逃家。他口袋裏永遠有足夠買幾張車票和投宿小旅店的錢，五年級那一年，他去過兩趟日月潭、兩趟關仔嶺，六年級那年他發現了溪頭的美，愛上那兒沁涼的空氣和密實的寒帶山林景觀，還有許許多多年輕漂亮的遊客，他們大部分是大專學生，穿T恤、牛仔褲、背帆布背包、穿愛迪達球鞋，聚在一起不是說笑話、講鬼故事就是彈吉他與唱歌，搭架起帳篷就可以安身立命的生活在林野裏，在那裏煮飯、睡覺，甚至鬧場戀愛遊戲。他總是遠遠地站在他們的營地外緣，隱隱地希望有人發現他，把他納入一個由笑聲與歌聲串起來的小圈圈裏。他感到非常的孤獨，他離家很遠，但是卻找不到一個容身之地，老是徘徊在別人的世界外面，撞破頭皮也進不去。

後來他碰到了韓雲英。那時她與另外兩個男孩在一起吃飯，他被餐廳的跑堂領去與他們併一桌吃飯。韓雲英就坐在他們對面，她削著赫本頭，穿一件豔紅色的T恤，一條磨白了的牛仔褲，一件灰色的套頭毛線衣隨意搭在肩上，雙手支著腮等上菜。她看了他一眼，對他眨眨眼睛，隨後發現了他放在桌上的《基度山恩仇記》，手便探過來拾起那本厚厚的小說，隨意地翻看了幾頁，問他：「你喜歡艾德蒙・鄧蒂斯啊？這是一本會叫小男孩瘋狂的小說，天哪！愛情、歷險、金錢、財勢、感恩與報仇。看了這本書，真真忍受不了自己竟然過著這樣平凡無趣的日子！」這席話大部分她是對著她的兩個男伴說的，說完又埋首書中的片段情節。

她把書還給他，說：「謝謝。」又支著腮等她點的菜。

他感覺自己卑微渺小，他感覺自己嚴重的喜歡著眼前這個大姊姊，她有一種大人的佻達機智，又有一種很近似孩童的率直天真。他把書收起來放在自己的膝頭上，胸腔卻忍不住怦怦作響。

他逼乾了麵裏頭的湯，再抬頭時，發現她已吃完了她的炒飯，兩眼夾著笑望著他。「你為什麼在屋子裏也要戴著那頂大草帽？何況現在已經天黑了，外面又沒有太陽。」

他不知道怎麼回答她，只覺得被困窘住了。她沒有等待他的回答，站起來繞過圓桌，一手出其不意地把他的帽子抓起來，笑著對她的同伴說：「原來是個光頭王子。真可恨，這他媽的清規戒律，非得剃光一個小男孩的頭髮不可，看看學校把這個漂亮的男娃兒整成什麼德行！」

他心跳得更厲害了，感覺自己整張臉都燙紅了，膝頭上的書跟著掉到地上去。

待他把書拾起來，再次坐定時，她的一個男伴指著他說：「看看妳把他逗得魂都掉了。」

她的注意力又回到他身上。她說：「跟爸爸媽媽來玩？」

他回答：「一個人來玩。」

她問：「住在這附近嗎？」

他回答：「住在臺南縣。」

她又問：「天哪，你幾歲了?」

他回答：「十三歲。」

她拍了額頭一下，下個結論：「這就是看《基度山恩仇記》的小男孩才會有的行為，十三歲就一個人跑到溪頭來度假啊?」她用激賞的眼光看著他，又問：「你住在那裏?」

「住在臺南縣。」他答。

「我是問你在溪頭住那裏?」

「住在對面那棟黃色的飯店裏。」

她停了一下，突然福至心靈的對她的兩個男伴說：「我可以去他住的地方洗個熱水澡。」然後轉向他說：「你的房間裏面有沒有浴室?是不是住套房?」

他搖搖頭，說：「房間沒有浴室，但是房間隔壁就是個大浴室。」

他領她去洗澡，把自己盥洗用具借給她。她洗過澡回到他房間，問他借一條乾毛巾搓乾剛洗過的頭髮，他從背包抽出一條乾淨的手帕遞給她，說：「我沒有乾毛巾。」

她接過手帕，把他摟在懷裏，吃吃地笑起來，說：「天哪，我的小騎士，我等你長大，嫁給你好不好?」待放了他，她一邊用那塊小手帕擦頭髮，一邊咯咯笑個不停，然後又用很正經的語氣問：「你叫什麼名字?」

「我叫李天牧。」

「木子李，天地的天，牧羊人的牧？」她問，他點頭，她說：「你爸爸是不是基督徒？」

「不是。」

「那為什麼取這樣一個宗教意味這麼重的名字？」她不等他回答，又問：「你為什麼不問我叫什麼名字？」

「妳叫什麼名字？」

「我叫張瑟，弓長張，琴瑟和鳴的瑟。」

他被震了一下，那是他母親的名字。他僵著聲音說：「妳的名字跟我媽媽完全一樣！我媽媽也叫張瑟，弓長張，琴瑟和鳴的瑟。」

她誇張地拍額頭，叫：「天哪，我還以為這世界上再也不可能有另外一個張瑟的。」她停了一下，說：「不過說不定你在蓋我。你如何證明你媽媽叫張瑟，完全跟我同名同姓？」

他想了一下，開始翻背包找身分證，翻遍了背包找不到，一回頭卻瞥見身分證就放在床頭櫃上，便急急的把身分證遞給她，說：「上面有我媽媽的名字。」

她拿起他的身分證，仔細地讀上面記載的所有資料。把身分證遞還給他的時候，她說：「你媽媽現在叫李張瑟。想想看，如果我等你長大，嫁給你，那麼我也會叫做李張瑟，因為你恰好跟你爸爸一樣，也姓李。再想想看，如果我真的等你長大，嫁給你，那麼你便有一個叫李張瑟的媽媽，又有一個叫李張瑟的太太，你的身分證上父母欄裏有個李張瑟，配偶欄裏又有個李張瑟，真是稀罕得不得了，恐怕會是天下獨一無二的事情。說真的，你願不願在長大以後娶我，讓我們共同創造這件天下獨一無二的事情，說不定報館的記者還會來訪問我們呢！那時我會告訴他們，說，我遇見你的那一年你才十三歲，剃個大光頭，因此一天到晚戴頂大草帽，我們還可以趁機公開臭罵一下國內僵化的教育體制。」

他毫無招架的能力，他知道她只是在哄一個小孩子，但是他喜歡她，喜歡得喘不過氣來。他受傷了，但是她看不到他的傷痕，天亮了，他就得回家，結束他流浪的沒有生家身世，也沒有父母的日子。這個張瑟，嘻皮笑臉的張瑟，跟他母親同名同姓的張瑟，可愛可恨近在眼前又遠在天邊的張瑟，待她擦乾了頭髮，就會回到她那兩個同齡玩伴的身邊去了，也同時結束他剛剛感受到的假期與冒險的情緒。他說：「妳住在那裏？」

「你問的是我的家還是在溪頭的落腳處？」

他問的是後者，但是她一說，他就希望同時知道兩個答案。他說：

「妳都告訴我吧。」

「我住在雲林縣林內鄉，那裏有大煙囪，工廠一天二十四小時製造衛生紙與道林紙，風景很美麗。在溪頭呢，你知道我不住在任何地方的，我甚至要請一個小朋友帶我來洗澡，雖然我們年紀都很大了，但是還是沒有錢可以住旅店。我們要省下錢來，玩更多的地方。」

「妳們睡在那裏？」

「睡在荒郊野外，所以三個人裏面，必須有一個人保持清醒，以便趕走兇猛的老虎或大野狼。昨天晚上我們就碰到一隻大野狼。」

「臺灣沒有大野狼。」他決斷的說。

「因為你沒有住在荒郊野外，所以你不知道有沒有大野狼。」她繼續哄小孩子。

「今天晚上妳們睡在那裏？」

「我們不睡覺，我們要溪阿縱走，從溪頭摸黑走到阿里山。我們準備了打大野狼的木棒、手電筒、營養餅乾、酒——竹葉青，用來抗寒的——還有膽量，還有一大把一大把的力氣哪！」她握著雙拳，讓他看她手臂上的肌肉，「至少要像我這麼雄壯的人才可以溪阿縱走。」

他退到床舖前，也握緊拳頭，說：「我可以去嗎？」他把拳頭握得更緊，堅持地說：「臺灣沒有大野狼，我讀了很多書，妳不要騙我。也沒有老虎，我讀了很多書，我知道臺灣現在已經沒有老虎了。我膽子很大，力氣很多很多，比妳還多。我跟妳們去阿里山。」

她又開始咯咯地笑個不休，忍不住跑過來拍拍他的頭，說：「我的小騎士，我等你長大嫁給你好不好？我喜歡勇敢的男生。」

他開始收拾行李，一邊問：「他們兩個會不會不讓我去？」

她吊眼珠，手一揮，說：「不要管他們，你要去就是了，想想看，你比他們兩個都勇敢，都健壯。他們不讓你去，那麼我們兩個就自己去，你是不是會保護我？大野狼或大老虎來了的時候，你能不能打退牠們？讓我們來勾個手指頭。好啦，說定啦，你要保護我的啦。」

二、不曾著陸的季節

她叫韓雲英，不叫張瑟，她偷看了他的身份證，才把自己叫成張瑟。那年暑假她二十歲，大一要升上大二，是個政治系的學生。他跟她從溪頭到阿里山，隔天四個人一起搭車到嘉義，在火車站道別時，他心中有假期已經結束了的童騃的絕望。但是他伸出手來跟她鄭重握手道別，他長得跟她一樣高，但是她活在成人的世界，他卻還停留在孩童的階段，中間隔著冗長的令人絕望的七年時間，她逗一個小男孩玩的突發的興致過去之後，注意力又回到她同齡的玩伴身上，在火車站嘈嘈切切的人的聲浪中跟她兩個男伴討論邏輯是不是哲學的問題。他買了回臺南的車票後，再一次戀戀地走向她，她伸手過來拍拍他的肩膀，說：「小騎士，不管你答不答應，我昨天晚上已決定好要等你長大了，我喜歡英俊小生，你要好好地長，千萬不要長青春痘，不要看黃色書刊，而且至少要長到一百七十五公分高知道嗎？」

「妳好了妳，不要再戲弄小男生了。」她的一個男伴笑嘻嘻地指責她。

他回到家裏，過一個十三歲的不快樂的小男孩過的日子，憧憬暑假結束後國中離家寄宿的新生活。他母親照樣瞞著外人的耳目抽煙喝酒，把情感的重荷悉數轉嫁到酒精與尼古丁上面，總是三天兩頭塞把鈔票到他手中，說：「去幫媽媽買條煙，去布店隔壁那家買，如果人家問買煙做什麼，就說家裏來了客人。」他把錢擺在口袋裏，老是一路走一路想著艾德蒙・鄧蒂斯會有怎樣的童年的問題。基度山伯爵的母親會是酒鬼嗎？

他想念韓雲英，像害著熱病一樣，滿腦子都是她的人她說的話，但是只有老天爺知道她人在何處。他母親老是拍拍床舖，說：「過來，過來躺在我身旁，」他爬上她的床，她便一把將他納入懷裏，說：「你長得像爸爸，弟弟長得像我，你比弟弟漂亮，弟弟一臉愛哭相。但是你可不要像你爸爸那樣只長人不長心肝，你是媽媽的小寶貝蛋，我是為你活著的呀。」

但是他在他母親的懷裏想著韓雲英，他執意不讓他母親冗長瑣碎的告白打斷他的思緒，他會一遍遍地仔細併合他與韓雲英從溪頭餐館碰頭到在嘉義火車站分手的整個過程，他在心裏一次次地背誦她似真似假的話，「我的小騎士，我的英俊小生，我等你長大，嫁給你好不好？你媽媽叫李張瑟，想想看，我如果嫁給你，那麼我也會叫做李張瑟，那麼你便有一個叫李張瑟的媽媽，一個叫李張瑟的太太；你的身分證上父母欄裏有個李張瑟，配偶欄裏又有個李張瑟，真是稀罕得不得了。」

他喜歡韓雲英，不喜歡李張瑟，韓雲英是他的假期、是他的冒險記，李張瑟是他苦惱而漫長的童年。李張瑟喜歡啃小孩的下巴，老是用充滿煙油焦味的嘴巴咬噬他的下巴，塗了他半張臉的口沫，韓雲英喜歡摸小孩的頭，拍小孩的肩膀，嚇唬小孩，用她那對笑嘻嘻的眼睛說恐怖的故事來試驗小孩的勇氣與決心。那個神秘可愛令人朝思暮想的韓雲英，只有老天爺才知道她家住那裏，她人在何處。

他決定要去找韓雲英。他口袋裏有足夠的錢到她住的那個小鄉鎮。他買了張火車票，他決定大不了挨家挨戶地找。他到了雲林縣那個靠山的小鄉鎮。下了火車，謙恭地問每個看起來友善的人，問他們可認識韓雲英這麼一個二十歲念大學政治系的女孩子，但是韓雲英家鄉的父老對她毫無印象。他先到警察局，警察局的先生建議他到鄉公所戶籍課去問，戶籍課的辦事人員搜尋腦中的檔案，笑著跟眼前這個看起來嚴肅但又十分無害的小孩說：「我們這裏住了七萬多人哪，我可沒本事記那麼多。」

他央求：「我怎樣才能找到韓雲英？」

櫃臺裏那個耿直的小公務人員想了半天，說：「翻本鄉的戶籍名冊，但是我可沒有那麼多時間，你找韓雲英幹什麼，韓雲英欠你錢嗎？」

他要求由自己翻閱戶籍名冊，他花了三個多小時在七萬多人中找到她。恰恰好就是她，韓義忠的女兒，韓雲霞、韓雲映的妹妹韓雲英，一個小學教員的第三個小女兒。他找到她了，她就在他的腳程之內。

他一路核對門牌號碼，找到那家種著雞冠花與百日紅的水泥房子，他幾乎不太相信韓雲英那麼一個神秘可愛令人朝思暮想的女子就長在這樣尋常百姓的家裏頭。院子裏有個穿罩衫和短褲、抓把馬尾的大女孩在廊下看報紙，那是一個厚一點寬一點大一點平凡一點的韓雲英，他一口咬定她是韓雲霞。他紅著臉趨前對她說：「我要找韓雲英。」

「韓雲英？」韓雲霞放下報紙，直著嗓子對屋子裏頭叫：「韓雲英！韓雲英！外找！」他找到她了，她在家。他真想投到韓雲霞的懷裏去。他說：「妳是不是她姊姊韓雲霞？」

「你又知道了？」韓雲霞笑吟吟的望著他，說：「她會在外人面前提到我嗎？她怎麼說？她是不是說我該減肥了？」

他當下就決定如果沒有韓雲英，他先認識韓雲霞，也會喜歡韓雲霞的，但是不會喜歡到害熱病的程度，不會翻七萬人的戶籍名冊去找她，但是韓雲霞卻讓他感覺到自己上頭沒有姊姊的遺憾。韓雲霞又對屋子裏叫：「韓雲英！」然後回過頭來，很嚴肅地看著他，說：「小朋友，告訴我，來，告訴我，你找韓雲英做什麼？」

還等不及他回答，韓雲英便像一股風從屋子裏掃了出來，一臉乍驚乍喜的表情，尖著嗓子叫：「我的英俊小生，你怎麼來啦？我們約過了嗎？我記得我並沒有告訴你我住在那裏。」

韓雲英顯然剛從浴室裏跑出來，渾身罩在一股肥皂與洗髮精的香風裏，整個人熱氣騰騰的，一把掃向他：「天哪，艾德蒙・鄧蒂斯先生，你怎麼跑到這裏？」韓雲英把他摟在懷裏，對著一臉笑意的韓雲霞說：「我要跟妳講一個小秘密，妳一定不要讓父親大人知道。我現在鄭重宣布，這兒站的是我那頭角崢嶸的秘密戀人，我們兩個在溪頭邂逅之後，一見鍾情。看看，現在他在這裏，一個貨真價實的男子漢，我答應過他要等他長大的。」

「韓雲英，妳這個瘋丫頭——他大不了十四歲吧，不要戕害民族幼苗了妳。」韓雲霞笑嘻嘻地斥責她的小妹妹。

「不，妳不要以他的年紀來低估他，他是我的英雄，」韓雲英掀掀他那頂大草帽，忍不住咯咯笑了起來，在喘息甫定之際又追加說明：「他是我的光頭王子。看看妳們這批作育英才的人幹的好事！這可憐的孩子因為理光了顆大頭，不得不一天到晚用頂大草帽來遮醜。」

韓雲英放開他，說：「李天牧，你怎麼來的？」但是她問了他問題之後，立刻又把他推離自己幾步，尖著食指點著他的鼻子說：「哇，好陰險的男孩子，你一定偷看我的身分證，對不對，說，對不對？」

他非常地受委屈，但是他感到很快樂，語氣出奇地冷靜：「我沒有偷看妳的身分證。我去鄉公所戶籍課查妳的名字。妳告訴我妳住在林內鄉，我買了到林內的火車票，但是沒有人認得妳，我就去問警察，警察叫我去找戶籍課的人問，戶籍課的人沒時間，叫我自己查。這裏姓韓的人不很多，我很快就找到了。」

「他知道我叫韓雲霞。」韓雲霞為他提供佐證，「妳當然不可能跟他提到我是不是？我但願我的學生裏頭也有這樣的，的什麼來著？什麼艾蒂斯先生的。」

B・藍色的花朵

「『藍色的花朵』這句話是德國詩人Novalis的一部幻想小說中的名句。這個句子現在已成為浪漫派作家們的隱語，美國現代劇作家田納西・威廉斯在他早期的作品《玻璃獸苑》中，曾經假那個跛腿的女孩所愛慕的男子口中說：『妳是藍玫瑰，那些成群結隊的平凡庸俗的女孩只是坡上的青草』。Novalis小說中的主角所憧憬的是：『在我心中怎麼也說不出的願望，並不是對什麼寶物的渴求，我的心中並沒有什麼願望，我只不過想看看那藍色的花朵，我深深為它著迷，除了它以外，我什麼也不想。』Novalis描述主角的心境，說，說他深深為那開在高處的藍色的花朵所吸引，在那藍色的花朵旁湧出一道泉水，水珠濺到它那大而鮮豔的花瓣上。四周雖然還盛開著各式各樣的花朵，香氣四溢，但是他所有的官能與性靈，都只對那朵藍花開放，他覺得面對它，所有的人的辭彙都無能為力。他已深深為它著迷。」

「Novalis的『藍色的花朵』，是依據德國民族傳統中不知名的、不可思議的藍色花朵的故事編成的，代表在無意中發現的指向寶物之路的標誌。」

「但是田納西・威廉斯那個頹廢的傢伙筆下那朵藍玫瑰，代表著虛幻、不實際的精神層次，山坡上的青草年年綠了又綠，野火燒不盡，春風吹又生，但是那朵藍色的玫瑰呢，它只開在想像裏頭，只開在燭火裏頭，只開在一個男子瞬間的仁慈與溫柔裏頭。藍色的玫瑰，珍奇稀少，就像人的想像力一樣。」

「《玻璃獸苑》裏那個跛腳的女孩後來怎麼了？她跟那個叫她藍玫瑰的男子跳了舞，在燭光中跳舞，在他對她的仁慈與溫柔中跳舞，在她自己的想像力中跳舞。後來呢？她家停電了，藍玫瑰的媽媽沒有錢繳電費，電源被切斷了，那個很帥很帥的男孩問藍玫瑰的媽媽，問：『黑暗中摩西在那裏？』藍玫瑰的媽媽說：『還是在黑暗裏。』伸手不見五指的黑，黑過於你的瞳孔，比絕望更黑，比死亡更黑。黑黑黑黑到底。黑，想想看，黑不見底。」

三、遠方的黎明

他十五歲，還是喜歡韓雲英，他把信寄到她的學校她的系上，但是都沒有她的回信。

期中考前的兩天溫書假，他買了一張火車票到臺北，只有老天爺知道她人在那裏。他可管不了那麼多，他必須採取行動，否則他會瘋掉。他不能拿期中考的分數來賭，母親說如果他念不好書，就要把他調回家鄉小鎮的國中去，家人可以就近照料他。他當然知道母親心裏的想法，她需要一個伴，一個可以聽她嘮叨、吐苦水又可以替她保守秘密的同路人。如果他沒有找到韓雲英，他的期中考準砸了。他帶著教科書上路，找到韓雲英，他就可以好好地看書，他知道自己有的是讀書的好腦筋，只要給他半天時間，就可以把期中考準備好。只要找得到韓雲英，跟韓雲英說說話，讓韓雲英摸摸他的頭，拍拍他的肩，叫他一聲艾德蒙・鄧蒂斯先生或光頭王子或小騎士或我的秘密戀人或我的英雄或是李天牧我的小朋友。只要找到韓雲英，他就可以應付他的期中考，他就不需要回去他住的小鎮念國中，他就暫時可以不讀他母親那張又是眼淚又是鼻涕又是恨又是愛的臉。

但沒有找到韓雲英。系上教授副教授講師助教都知道有這個學生，但是她不太上課、不跟老師同學來往、不參加社團、不擔任幹部，沒有人知道她人在那裏。他在政治系辦公室裏苦思每種可能找得到她的辦法，謹言慎行地向每個進辦公室的老師與同學打聽她的下落，像個螟蛉子那樣認命與絕望，同時內心卻又隱隱有種無名的快意煎熬著他，那是一種押重資打賭的人在謎底揭曉前的懸宕情緒，他每一秒鐘都用全身每一滴力氣痛苦地享受著它。

後來有個韓雲英的同班男同學到系辦公室補繳作業，他抓住那個人，說：「我是韓雲英的堂弟，她家裏發生了一點事，得找到她人，你可不可以幫我打聽她住在那裏？」

他查過女生宿舍，找過十幾棟校外專門租給女學生的公寓，跟數不清的人打聽她可能的住處，直到近淩晨時才找上她的住處。房東看他鐵青著一張臉，一副喪家的模樣，做主開了房門讓他進她的房間休息等她。他坐在她的書桌前，把教科書攤開在眼前，但是卻忍不住一股想哭的衝動，起身探手抱起她床上的枕頭，把整張臉深深埋入她的枕頭裏。但是他沒有哭，他想到自己的早熟，自己的不快樂，自己的不愛回家，自己根植在心靈中的漂泊感，突然感到一種新生的孤寡及隨之而來的清明自賞。他在她那朵暖色的燈下做功課，計算紙上面寫滿了已知、求證、證明的推繽程式，他第一次深切的感覺到內在那種自發的穩定力量，他知道自己已經可以愛自己、尊敬自己，甚至依賴自己了。

他伏在她的書桌上睡著了。天亮時她才回到她的住處，一開房門立刻被眼前的景象駭住了，但是她很快就堆砌出一臉亦驚亦喜的表情，先是拍額頭，接著是壓著聲音叫：「我的老天唷！看看誰在我的房間裏，我的英俊小生。」她像股風般掃到他身旁，抱著他的頭在他額角印下幾個唇印。他抹掉臉上的倦容，遞給她一個笑，說：「韓姊姊，沒想到吧？」

「說說說——」她退後幾步，指著他，說：「說，你是不是又翻了幾萬名教官室的學生名冊才找到這裏？噢，你一定是的，我想不出有誰知道我住在這裏。天哪，我乾脆嫁給你好了，我喜歡實心眼的人，我找個日子帶你回去見我爸爸，他也喜歡實心眼的人。」

她有些蒼白，看得出來是因為沒睡好覺，一個大學三年級的女生徹夜不歸，第一現場會在那裏？他發現她的短髮上有截枯黃了的草，他幫她摘了下來。她很瘦，幾乎已經不夠他一個懷抱了，但是他只有十五歲，只有一身癡長的男人的肉，他甚至想不出來她一整個晚上跑到那裏去，而且沒有打開天窗去追究的勇氣，他的期中考即使數學考到一百分，大概也滿足不了自己。在她面前他又一次把自己壓縮成一個孩子，才十五歲。

韓雲英為他蹺了兩天的課。她買了火車票送他回臺南柳營去，兩個人雙手插在口袋裏在小鎮的街道上蕩，一路合吃一隻梨、一隻番茄或一個麵包，他體內那一個令他陌生而又興奮的男人碩大無朋的滋長起來。過馬路時他大力地握著她多骨的巴掌穿過車陣，一路跟她解說小鎮的風土人情。他避開他的學校，帶她繞道到那道植滿鳳凰木的大渠堤岸去。她把衣領豎起來，斜躺在一片草坡上，對著灰藍色的天空發呆。

她並不是一個絕色的女子，但是她是美麗而且令人傷心的，她那一身女性的瘦骨，舉手投足間自然調配出一種特異的可憐可愛的樣態，她是母親、姊姊、妹妹、情人、朋友的中間值，他必須每一秒鐘都去扮演一個因她的存在而產生的對應性的角色。

美麗而且令人傷心。長大以後他才仔細的思量過這個問題。她是個下毒的人，而她自己是獨門的解藥，武俠小說或〇〇七式的電影不乏這種方程式，只要把那類大眾通俗文化產品裏熱鬧的人物與動作加上精神層次的象徵意義，就可以解說他年少的心情。

那樣一個哀愁的雲天，灰藍色的。她借來他那頂大草帽，把整張臉壓在草帽下面，也因此她的告白就像一部只有聲部沒有影部的實驗電影一樣，有關她說話時的表情，都是他事後的模擬。「美麗的日子，英俊小生，這麼美麗的日子我真不敢過太多，那會使得我太愛生命的呀，」她掀掉壓在頭上的他的大草帽，整個人豎了起來，指著整片君臨著她的天空，說：「你這麼小怎麼懂得我在說什麼，我放棄。」

她倒回那片溫柔的草坡，把自己縮成一個寄存在母體中的胎兒的身姿。後來她又睜開眼睛，撐起上半身對他說：「我的英俊小生，我是多麼多麼熱愛活著這一檔子卑微而又美妙的事情，卑微而又美妙。天哪！你才十五歲，何來卑微又何來美妙？也許我應該先建議你讀卡繆，再來跟你談論卑微與美妙。卑微同時又美妙的事情是看太陽照舊升起，看嬰兒學步，看小貓吃奶，啃一口麵包，」她頹然的躺回草坡，閉上眼睛，喃喃而語：「天哪，你才十五歲，我這這是，這是與夏蟲語冰啊。」

他才十五歲，理應既不懂卑微也不能美妙的年紀。長大後他開始仔細思考那個她失蹤的夜晚她人在何處的問題，他知道答案，他先有謎面才有了謎底，她短髮上那一截枯萎了的草，還有她蒼白與瘦削，她的疲倦與厭世，還有還有，她那歇斯底里的女性，都向他做了震耳欲聾的宣告。他倒向迎著他的那片草坡，他需要一個公正無私的大懷抱，神哪，這兒是祢那早熟的螟蛉子，請祢給他的靈魂一個安息的位置。

「明天期中考。」他說。

「你準備了功課嗎？」她問。

請請請不要用一個母親的口氣跟我提這些事情。「我準備了功課了，可以把這些事應付得很好，請妳放心。」

「啊，我的小騎士，我的艾德蒙・鄧蒂斯先生，我會有耐性等你長大的。」

四、無岸的河

他終於找到那晚韓雲英失蹤的原因了。

那個男人一頭亂草，穿著一件長滿疙瘩的粗棒針毛衣，也許是三十歲，也許是五十歲，一小時之內抽掉半包煙，大而厚的巴掌結滿了繭。他第一眼就決定那就是韓雲英那樣的女子為之喪志掉魂的類型。

那年他才十六歲，所有的餘錢都用來買臺南往臺北的火車票，可以把縱貫鐵路沿線每個小聚落或每個小市鎮的名字倒背如流。每個星期六他都乘火車到臺北，在韓雲英的房東面前扮演她的堂弟，讓房東開她的房門讓他進她的房間等她。一進入她的房間，他就有回了家的感覺，他讀她書架上的書，聽她買的唱片，倦了就躺在她的床上睡覺，抱著她的枕頭嗅她遺留在上面的髮香。有一次韓雲英雙手握著他的肩，對他說：「你不應該每個假日都來看我，你應該回去看看你爸爸媽媽，他們一定會感到很安慰，看看他們養出怎麼一個英俊的兒子來！」

他還是每個星期六到臺北去看她，後來他終於看到了她的男朋友。韓雲英這樣介紹他：「弟弟，這是我的朋友，怎麼說好呢？」她轉向那個男人，說：「Give a brief account of yourself.」然後咭咭咯咯的笑起來，說：「一個活得很努力但很沒樂趣的男人。」最後一句話還是對那個男人說的。

他也喜歡那個人，但是對方徹底地輕視他的存在，只把他當個孩子。「他就是妳說的那個跟妳交情最深的小朋友？」說的時候，臉上堆出一臉父執的神氣。

韓雲英不依了，跑過來雙手抱住他的腰，對那個男人說：「他是我的英俊小生，我要等他長大。」韓雲英輕輕撫摸一下他的臉頰，說：「英俊小生，我們約好了，對不對？」

他知道在那齣戲碼裏，他只是應景的道具，那個一頭亂草、滿臉于思的男人才是她對戲的男主角，他知道她，她正在挑撩對方，像一隻皮毛閃亮的雌貓一樣，在雄性面前昂首闊步，煙視媚行，一副大局在握的神氣。

那男人說：「好啊，我的小巫婆，妳有的是本事。」

那個三十歲或五十歲的男人開始顯得有些侷促不安，不再發言，只是一逕坐在她的書桌前沉思。韓雲英夾在兩個男人之間，一時不知如何是好，許久才決定犧牲的對象，跟她的老男朋友說：「你要不要告辭了？我要跟我的英俊小生敘敘舊。想想看，我在他十三歲的時候就認識他。」

韓雲英轉向他：「告訴他，你今年幾歲了。快告訴他。」那個男人起身告辭：「好啦，你們好好的敘一敘舊。」然後伸出他的大巴掌給他：「小朋友，好好地照顧韓姊姊，韓姊姊心情不太好。」

他終於與她單獨相處了，但是她並不快樂，他一點也不了解她。

她說：「英俊小生，你果真要我等你長大嗎？」他跟她勾小手指、蓋拇指手印。

五、銀河的出海口

他高中畢業那一年，他母親與他父親辦了離婚手續，帶走了他弟弟李天虹。應付大專聯考使他有足夠的理由不回家過問父母之間的離異，竟日活動的範圍只是學校與宿舍兩個定點，他知道隨後的日子完完全全都是自己的了，但是翅膀長在身上，他卻不想飛，只想將自己所能擠壓出來的力氣，全部用來為人生築基鋪路。他十九歲，不蹺課、不講髒話、不攻擊人的一切不仁與不義、不與同伴交換對某個小女生的男性意見，只是乾淨明亮地坐在教室一隅，先做功課，再讀唐君毅、牟宗三與殷海光，偶而對著教室窗外那片椰影婆娑的草地發長長長長的呆。他才十九歲，但是已在同班同學面前做了兩年多有風骨的怪人，他們即使要說他的不是，也找不到恰當的辭彙。

他母親在臺南市開了一家日本料理餐館，就與他弟弟李天虹租房子住在餐館的樓上。那個剛烈豪放的中年女人一旦飛離婚姻的樊籠，立即使勁展翅，把日子過得密密實實，煙還抽，酒也還喝，但是卻沒有餘暇抱怨、流淚。

他弟弟李天虹在他母親的差遣下，三天兩頭給他送衣服、食物，人來的時候，總是長手長腳往他那張鐵架床一橫，細數隨母親過日子的零頭小事。他總是斜倚著木板門，看著眉宇、神色都與自己十分酷似的小弟弟一點一滴的變得囉唆瑣碎，一面隱隱慶幸自己完全置身度外，毫不沾惹人世的塵埃。

偶爾他母親也會到宿舍探望他。忙碌的生活使她整整縮小一圈，四十歲的女人奇異的重生了，美麗得有點失了本分，都會的生活教會她物質上的品味，她剪短了頭髮，開始描眉毛畫眼線刷腮紅塗唇膏，整張臉突然立體起來，她甚至穿起很女學生氣的寬大的罩衫、窄管牛仔褲和平底鞋，動起來輕捷得像一隻貓。她向來就是一個聰明絕頂的女人，只要擺對了地方，就可以自己張羅出一身的風華來。

他母親第一次到他寄宿的地方去看他，隔壁的同學來報訊，嘶著嗓子叫：「李天牧，你姊姊來看你了。」他正在做一道數學題，第一個閃過腦際的念頭是韓雲英來了，先是被震住了，抹抹臉，整整衣襟才打開房門。他母親可能有點情怯，佯裝仔細地閱讀他門外小起居室公告欄上的各類聲明，拿背對著他。他猶豫地喚了一聲「韓姊姊」，他母親吃驚地回頭，這回接著吃驚的是他。他頹然地叫了一聲：「媽，」久久才補上一句：「妳怎麼知道我住在這兒？」

他母親向他趨前一步，十分客氣有禮地應對：「天虹跟我說的，他還畫了一張地圖給我，」

她掏出那張畫在計算紙上的地圖給他看，又補充一句：「並不難找，我下了計程車後，走了兩個巷口就到了。」

他只覺得他母親的粧化得太過火，她臉上那層化工廠製造的油彩隔絕了他與她的親子關係。他延她入門，把她安置在他小小的斗室之中，為她倒了一杯水，然後靜靜坐在鐵架床上，等待她說明來意。

叫做張瑟的那名拒絕老去的女人開始覺得不安，三坪不到的斗室裏，她被迫近距離的逼視她那個早已遠離環抱的兒子，她一點也不了解他，她甚至為眼前這個少年英俊的男兒傾倒，但是她一點也不了解他，她與他之間橫隔著一排又一排的書籍，她不知道他腦際心口裝的是些什麼東西，她一輩子只上過小學學堂，甚至沒有好好地念過一本書，鉛字築成的重山群巒遠在她的腳程之外，她依憑直覺，就知道自己永遠到達不了他的心靈世界；那個英俊的少年身上流著她的血、和著她的肉，但是有些旁的東西已經把她在他體內稀釋得十分微薄，她與他之間再也尋找不到可以共振共鳴的因子。

張瑟站起來，仔細檢視他書架上的書籍，突然絕望地歎了一口氣，說：「我的兒子讀了這麼多書啊。」她瘦伶伶的站在人類文明林立的碑文之前。

他懂得他母親的困境，但是他無詞以對。那個叫張瑟的女人小時候因為家境貧困，被送去當養女，受不了養父母的淩虐，自小就逃家，過著流浪的生活，十四歲一頭栽進了歌仔戲班，開始另外一種流徙的日子，學會抽煙、喝酒、唱罵人生，她一向演的是花旦，在舞臺上處理的永遠是悲喜交集的人生，走下舞臺，自不免誇大生活裏的喜怒愛慾，她悲苦的身世、不和諧的婚姻、早熟而冷眼對待生活的兒子，在在都是她做文章的素材。但是現在她站在一個冷漠、年少的書生的斗室之中，這裏頭沒有任何屬於人的卑下的情思所能攀附的東西，她所熟悉的自我表達的程式徹底失效。

他走向她，幫她拉拉椅子，說：「媽，妳坐呀。」他整整比他母親高出半個頭，但是他不想也翼護不了她，他對自己隱隱有些絕望，那是己身所從出的母體呀。他想起韓雲英建議他讀卡繆的小說，他選讀了《異鄉人》與《瘟疫》，他想，那個奇特的女子難道可以讀心嚒？他此刻感覺自己徹徹底底是那個倫常、道德、秩序構築成的世界裏的一個異鄉人，愛的只是呼吸著、活著的事實，而不戀眷其他的人。

他送他母親到巷口去搭計程車，兩個人隔著車窗道別，他溫柔地對她說：「媽，我有空會去看妳的，叫小弟來找我玩，我帶他去買書。」

計程車開走時，他看到他母親從皮包裏掏出手帕來。他感覺到孤獨，感覺到孤獨的重壓密密實實地欺到他身上。他雙手插入長褲的口袋，沿著街道一路走向燈火密集的市中心去，他要去看看人們如何過活，如何愛自己、愛別人、恨自己、恨別人。他孤獨得像個儲君。

他再一度強烈地想念起韓雲英，那思念裏頭還包含一種隱秘的生物性的憧憬。

他走在光影廝殺追逐的鬧市裏，想著他的父親、母親、弟弟，想著韓雲英，想著自己的將來與自己的愛恨無能症候群。他就要參加聯考了，然而他對那一場即將來臨的戰役毫不關心，他像一個配備齊全但是毫無戰鬥意志的戰士一樣，只是很宿命地投身其中而已。

他想念韓雲英，她是他的最初與唯一，也可能是最終。他想念她，像想念遙遠的故鄉一樣。他渴盼她，像渴盼一次身心獲得休憩的假期一樣。他希望日子像箭矢，颼颼——快速飛走，他希望自己快速地成長為一個傲岸不群的男人，有能力與她平起平坐，有能力不假任何名義地走向她。他在車潮與人潮之間想起那個奇女子韓雲英的習慣用語：「愛德蒙・鄧蒂斯先生，我會有耐性地等你長大的。」

C・你喜歡「G弦之歌」嗎？

「夜黑風高的晚上，鷹鈎鼻的老巫婆拾起她秘藏起來的掃帚，乘著它飛上天空，在城市與鄉村的上空盤桓，一路仔細朝地上搜尋那種長得輕脆可口但是偏偏不愛回家的小男孩。她把那種小男孩帶回家去，關在屋子裏，每天餵他吃有營養的好東西，然後每天拿起他的小巴掌，看看是不是長得很好。老巫婆非常有耐性，她會等到小男孩長得很好很好時，才開始啃他的手指頭，喀嗞、喀嗞地咬，每個骨節都不放過。你有沒有參觀過老巫婆住的洞穴？它外表看起來像是一隻野獸的洞穴，但是裏頭非常非常地豪華，有各種版本的巴洛克音樂，有印刷十分精美的彩色畫冊，有一百株插在一起的野薑花或白色雛菊，有菓子酒與礦泉飲料。事實上，那種不愛回家的小男孩總是非常高興地住在老巫婆的洞穴裏，直到有一天，他不小心闖入那間老巫婆的秘密臥室，才突然嚇了一跳，但是那個時候小男孩已經忘記回家的路該怎麼走了，而且他也喜歡上老巫婆播給他聽的巴洛克音樂和甜中帶澀的菓子酒，他再也回不了家了。」

「你參觀過巫婆的秘密臥房嗎？房門後面掛著她的掃帚，她那張鋪著綿羊皮的大床上面放著成套的魔法百科和咒語辭海，偶爾當她找到一種蒙藥秘密配方的解答，或一段可以使鴿子也變得兇猛無比的咒語時，那個鷹鉤鼻的老巫婆會發出像放鞭炮一樣的笑聲。但是你注意到老巫婆的床下沒有？天哪，那一床下面都是小男孩的手指頭一節節的骨頭哪，一床下都是！」

「啃小男孩的手指頭是老巫婆所以能長生不死的原因，也是她活下去最主要的樂趣來源，因此她一直把尋找可以養得很好的小男孩當作生活裏最重要的課題來研究。當她找到一個小男孩時，她首先檢查他的手指頭，看看是不是夠長、夠硬、夠有力，答案如果是肯定的，表示那個小男孩可以養得很好，她便把他載在她的掃帚後面，帶回她那個華麗的洞穴裏，給他聽巴洛克音樂，給他看銅版印刷的米開朗基羅的畫冊，給他喝又甜又澀的菓子酒，用這些好東西與他交換那張他回家的地圖。」

「故事說完了。後來小男孩怎麼了？沒怎麼，他失去了他的手指頭，失去了回家的路線圖。老巫婆喜不喜歡他？當然啦，老巫婆一開始就非常喜歡他，因為他有又長又硬又有力的手指頭，他越長越大，老巫婆每天看著他那樣雄壯英偉，也就越來越喜歡他。好啦，故事說完了，現在我們來聽一段音樂。噢，你一直沒有告訴我你是不是喜歡巴哈的『G弦之歌』，我記得你告訴過我，你非常喜歡巴赫爾貝爾的『卡儂』，如果你喜歡『卡儂』，相信你一定會喜歡『G弦之歌』的。『G弦之歌』是巴哈的第三號組曲的第二樂章，經過威爾赫的編曲，全曲只用小提琴最低的一條弦G弦來演奏，不用銅管和其他的樂器，只用優美柔和的弦樂器，我相信你一定會喜歡它。」

「老巫婆為什麼非得啃小男孩的手指頭？不要問我這種上帝也回答不了的問題。老巫婆為什麼要啃小男孩的手指頭？也許是因為內分泌吧。」

六、春天的第一場雨

再遇到韓雲英時，他已經是個大學一年級的學生了。二十歲，穿大號的成衣，抱著原文書走在校園，那樣的穩健自斂，一點也不像新鮮人。他知道自己是個漂亮的男子，他有父親魁梧的身材，母親清而不寒的容貌，還有自己滿腹的經綸，和鎖在眉宇之間的一股早熟的冷漠。他只花一學期的時間，便使自己成為校園裏女學生心目中的王子，但是他沒給她們太多認識他的機會，他總是在上完課後，抱著厚厚的課本趕公車回到自己的住處，把自己鎖在四面雪白的牆之間，讀馬爾薩斯或熊彼得，他是全校唯一一個不屬於任何社團的校際性明星，少數幾個與他有過往的同學，總會吃驚的發現，他竟把那套私自收藏的《大英百科全書》當成枕邊讀物逐頁的翻讀。

他是在一本過期的政論雜誌的刊頭語下看到韓雲英的名字，一客快餐還來不及吃完，便付了賬走出那家位於學校側門的餐館，直奔最近的公用電話，核對抄在手心的雜誌社電話號碼，打了一通電話過去：「我找主編韓雲英。」

接電話的人回說韓雲英正在接另外一通電話。他握著話筒著急地等待著，生怕三分鐘一通的電話在等待中就被切斷了，同時也慶幸她還在那個工作單位，除開是同名之誤，否則他很快就可以再聽到她的聲音了。他已經有一年多徹底地失去她的音訊，對她的思念經年累月地咬噬著他的心，他時時憧憬著與她的重逢。

隔了一會兒後，他聽到那頭有人拿起電話，喂了一聲，正式發言：「我是韓雲英。」但是等不及他的回答，電話便被切斷了。他急著掏口袋，掏出一把縐成一團的小額鈔票，就是找不到一枚一塊錢的銅板，拔腿便朝附近的麵包店跑，卻一頭撞到一個剛買了麵包出來的人，定睛一看，竟是他班上的同學。那傢伙見他反了自己的常，嘻皮笑臉地問：「怎麼餓成這個樣子？麵包店不會那麼快搬家的。」

他重重推了那傢伙一記，接著對他伸出一隻攤開的巴掌，氣急敗壞地說：「借給我一塊錢。」

對方一邊摸口袋，一邊打哈哈：「一塊錢果不了腹的，日子不容易過哪。」

他接過對方遞過來的一枚銅板，折身又朝公用電話亭跑，核對過手心裏的電話號碼，又撥了一通電話過去。這次是韓雲英自己接的電話，他突然支吾起來，頓了半晌才說：「剛剛那通電話是我打的，我是李天牧。」

她重複了他的名字，然後才驚喜交集地在電話那頭嚷了起來：「天哪，我的英俊小生，你又這樣突然冒出來了，你，你現在在那裏？」

「我在妳編的雜誌上看到妳的名字，我想同名的可能性不會很高，我想一定就是妳了，一頓飯沒吃完，就跑出來給妳打電話。」他興奮地對著電話筒大聲喊話，定要讓自己的聲音壓過市囂，清晰地傳到她耳中。

他還在敘舊的當兒，有人從背後敲了他一記，是剛剛把錢借給他的那位同學。「跟我調頭寸原來是給女朋友打電話來著，怪不得你那麼急。」

他摀住話筒，提起腳來掃了那傢伙一記：「快住嘴，一塊錢我會記得還的。」

韓雲英在那頭警告他：「三分鐘又到了。」

他來不及回答，電話又被切斷了。他頹然掛上電話，對已經走開的那位同學大聲叫：「嗨，再借一塊錢。」那傢伙回過頭來，掏出一把銅板，撿了幾枚一塊錢的硬幣放在他掌心，說：「這兒夠你講上半天了，君子有成人之美。」

他再掛了通電話過去，鈴聲一響，韓雲英便拿起電話：「怎麼剛剛一句話沒說完，電話又給切斷了？」

「這是一部吃角子老虎。」他重重的擊了電話機一拳。

那個晚上他與她在她指定的一家咖啡館碰面。臺北剛剛入冬，他穿著他最喜歡的鐵灰色的粗線毛衣和淺灰的西褲轉兩趟公車去赴她的約會，原本以為會見到一位商業廣告影片中慣見的精明能幹的職業婦女，但是等在咖啡館裏的她與他對她最後一次見面的印象完全一樣。她剪著以前的短髮，一件已經長起疙瘩的黑色短外套，一條洗得泛白的牛仔褲，時間似乎完全拿她沒有辦法，他甚至可以把時間推到她二十歲，他十三歲，在溪頭那家小餐廳第一次碰頭時的場景。然而他已經長大了，他二十歲，她二十七歲，他朝她走過去，像個男人朝一個等待他的女人走過去一樣，舉手投足間習習生風，有名有號。

韓雲英捧著一杯血紅色的番茄汁，遞給他一臉的笑：「我的英俊小生！」然後眨眨眼睛，說：「天哪，這是一個貨真價實的男人呀！我們多久沒有碰面啦？」

他送她回家。她在住處樓下與他道別：「有空打電話給韓姊姊，」說著又擺出一臉十分母姊的表情：「天哪，這麼晚你沒有公車可以搭了。你帶的錢夠搭計程車回學校嗎？」

但是她並沒有給他選擇的機會。她貼靠著漆紅的鐵門，命令他：「你過來，把你身上所有的錢掏出來給我看。」

他站定不動，她移步向他，動手搜他的口袋，搜出一把小額鈔票，又把它塞回他的口袋裏，問：「你明天是幾點的課？」

「下午兩點，上經濟學概論。」他據實以報。

她開了鐵門，說：「進來，上樓看看我種的花。想想看，我種一百八十二盆花。」

他被安置在客廳裏，她從小廚房走出來，遞給他一杯沁著水珠的飲料，說：「這是我自己調的菓子酒。你今年二十歲了吧？對，二十歲，剛剛好到達可以喝這種酒的法定年齡了。」她信口雌黃地編派名目：「二十歲，天哪，是黃金打造的年齡呀！但是黃金打造的少年與少女，總有一天也會像掃煙囪的人一樣蒙上灰塵。」後面那一段話聲音低得幾乎是說給她自己聽的，而她似乎也為那個哀愁的陳述而感動，有幾分鐘時間兀自陷入一種出神的狀態。

他啜飲著甜中帶澀的酒液，仔仔細細地端詳著她。她瘦得有些戲劇化，好像她的靈魂與肉體正展開一場難分勝負的戰端，結果是罩在她身上的那股神經質，不論是動作或講話的速度，都比一般人快了幾拍。然而她是個俊俏的人兒，即使一身素淨，仍然有種凜然的美，她的美曾經使他對異性有了早熟的憧憬，那是他年少時光最華麗的夢。

那年他十九歲。她已經大學畢業了，在一家出版公司擔任翻譯工作，他找到她，她利用假日帶他到溪頭去玩，兩個人住在旅館的同一個房間裏。入夜的時候他提議去森林裏夜遊，她一路大方地把身子搭掛在他身上，走在沉重的夜色之中，只要有一絲風吹草動，她便一頭鑽入他懷裏去。他整整高出她一個頭了，但是在她面前他根本沒有性別。回到旅館，她丟給他一個枕頭，便了無心思的滑入他身邊睡覺，完全不顧他體內那個逐漸滋長的男性。

那個夏天他一直在思考著自己是否太過早熟的問題，接下來的日子，每晚入睡前他都在模擬與她共用一個枕頭睡覺的滋味，想像她翻了個身，把頭擱在他的肩上，讓他把頭埋入她的肩窩入睡的景況，他會說：「親愛的，妳用的是那個牌子的洗髮精？」然後他會吻她。但是天亮睜開眼睛後，他又隱隱為自己夜晚那些不當的想像感到羞恥，端著盥洗用具急著往浴室衝，想要洗掉自己一身過度飽滿的男性。他甚至憎惡自己太過突顯的喉結與竄滿手腳的汗毛。

韓雲英赤著腳為他張羅一個暫時下榻處，人像一股風般在屋子裏掃來掃去，把沙發椅椅墊抽出來丟在地板上，拼出一張床來給他睡，又分出一張氈子來給他蓋。她洗過澡後便逕自關起臥房的門睡覺去了，把一個無眠的夜丟給了他。他知道自己只是一匹身骨凜冽的幼駒。

他想要回學校自己的住處去，他不能忍受與她隔著一道牆兀自醒著的滋味。但是他不能不告而別。他爬起來，開了燈，坐在一室冷寂的空氣中。後來他決定選張唱片播幾闋樂曲，他選了孟德爾頌的鋼琴小品「無言歌」，坐在地板上讀唱片封套背後的樂曲解說。「無言歌」是旅行者寄給家人的愉快的信。親愛的爸爸、媽媽、弟弟，今天晚上我在一個你們萬萬想不到的地方聽音樂而且設法入睡，天亮時，我會回到學校去，回到生活裏去，但是現在我在一個陌生的地方聽音樂並且設法入睡。我喜歡「威尼斯船歌」，威尼斯是個日光照射的美麗的地方，也是霍夫曼、華格納、湯瑪斯曼筆下柔美哀愁的神秘城市，孟德爾頌的「威尼斯船歌」

是帶有意大利三度和六度音程的樂曲，並充滿船夫憂鬱的呼喚。親愛的媽媽，妳從來就不知道我熱愛的是怎樣的生活，我準備要做的是怎樣的人，親愛的媽媽，我智商一百五十，天庭飽滿，期中考線性代數一科得了滿分，把教授結結實實地嚇了一跳。親愛的爸爸，我瘋狂地愛戀著一個美麗的女人，直到我長大後，我才能夠了解你作為一個男人的苦惱與歡樂，那是媽媽一輩子也修不過的學分。親愛的弟弟，抱歉，我已經把童年遠遠扔在身後了，今天晚上我喝了又甜又澀的菓子酒，尼采認為孟德爾頌是神的寵兒，是德國音樂最美麗的插曲，而我現在正在聽他小調曲式的船歌。

親愛的爸爸、媽媽、弟弟，凌晨三點了，但是我一點也不睏，我發現我更喜歡巴哈，他已經整整三百歲了，但是越陳越香。你們可曾聽說聖哲史懷哲在非洲黑暗大陸裏每天彈三遍「法蘭西組曲」來醫療他對文明與秩序的思鄉病？「你也喜歡G弦曲嗎？我記得你告訴過我，你非常喜歡巴赫爾貝爾的『卡儂舞曲』，如果你喜歡卡儂，相信你一定會喜歡『G弦之歌』。『G弦之歌』經過威爾赫的編曲，全曲只用小提琴最低的一條弦G弦來演奏，充分發揮了弦樂優美柔和的音色。」韓雲英穿著一件寬鬆的罩袍，人就倚著客廳通往內室的門對他說話。

是的，我喜歡G弦曲，是的，我喜歡弦樂器優美柔和的音色，是的是的是的。「我喜歡妳這兒的音樂。」他說。

她有著優美柔和如弦樂線條般的削肩，她的頸子、肩線與鎖骨形成一個完美的三角形。她伸伸懶腰，接著很優雅地把一個剛剛成形的哈欠用手掌擋掉了，笑吟吟地說：「天哪，想想看，我在你小學六年級時就認識你，那時候我叫張瑟，沒想到一下子你就念大學了，我的英俊小生，時間過得真快。」

「妳一直在哄我。」他說。

「我喜歡哄小孩，尤其喜歡哄那種不愛回家的小孩。」她突然眼睛一亮，壓著聲音嚷：「記不記得我以前跟你建議的那件事？說，我等你長大，嫁給你，讓你在父母欄跟配偶欄裏各有一個李張瑟？記不記得那件事？」

「那當然也是哄小孩的對不對？」他問。

「讓我來考慮看看，」她說，走向他，坐在他身邊，仔細地，近乎無恥地貼靠著他，讀他的臉，同時又豎起耳朵聽巴哈，話鋒跟著一轉：「天哪，怎麼會有這麼華麗的音樂？像是一種魔咒，讓人魂馳。」

她讓他熄掉客廳的燈，拉過氈子，拍拍地板，說：「過來躺在我身邊，跟我聊聊天，我們一起聽音樂，聽巴哈。」

D・守燈塔的男孩

「我跟你講過雷雅德那個守燈塔的男孩的故事了，那個孤獨的有貴族血統的男孩雷雅德。後來他不是救了一隻被暴風雨打落海上的雪鵝嗎？他愛雪鵝，因為他懂得孤獨與漂泊的況味。孤獨是一朵長在懸崖邊緣的藍色的花朵，有著碩大、鮮艷的花瓣，非常珍奇稀少。孤獨可能的病因是過度發達的想像力。雷雅德後來怎麼了？我不知道，故事裏沒有答案，如果你不滿意，那麼我也沒有辦法。求你別，天哪。」

原載《聯合文學》

後記 我們的抒情時代

鄭寶娟

不久前用法文重讀莫泊桑的〈我的于勒叔叔〉。那一家住諾曼第的法國人都把于勒當成福音，日夜盼望他從美國發財回來，以改善他們的窘境，所以在發現他早已回國，窮得在渡輪上賣生蠔時，除了小孩還天真地認為他是自己的叔叔，多給他一點小費外，其他人都掉頭而去，避之如瘟疫。讀到小孩給于勒十個銅子的小費，于勒趕緊謝他，「說話的聲調是窮人接受施舍時的聲調，我心想他在那邊一定要過飯」這一段，我終於哭了。我的眼淚叫自己覺得很新鮮，我大概有二十年沒因讀小說而掉淚了。

二十年前，訂一個專人在午餐時間做好送到學校來的便當，是十五塊錢，相當於志文出版社「新潮文庫」一本書的價格，也相當於嘉義或臺中一場二輪電影的票價，對於幾乎沒有零用錢的我，每個月固定到手的午餐便當費，是唯一可以挪用的錢，那意味著餓一頓飯，便能買一本書，或一張電影票。於是我便經常在午餐時餓肚子。

總是在早上第四堂課的下課鈴響起時，在腋下夾一本書，走到校門口的小店買一個肥白肥白的機器饅頭，然後踱到那片木麻黃防風林去，坐在一棵樹下一邊啃饅頭一邊看書。讀得最多的是翻譯小說，把書中主角當成真人交朋友，為他的際遇熱烈同情或深切感慨，把虛構的情節當成事實，評是非論善惡，愛之欲其生，惡之欲其死。這是在「讀世情」，接受社會教育的預修課程。

其實在書中看到的大部份是自己的影像。讀《羅亭》時，研究自己是不是也有一點「思想是巨人行動是侏儒」的羅亭氣。讀《咆哮山莊》，立即跟凱薩琳一起愛上克利夫。讀《美麗新世界》，認同的角色當然是那個「高貴的野蠻人」。讀《瘟疫》，在眾多主角中，決定了「疾病總是要治療的，死亡總是要對抗的」的李爾醫生，才是自己的英雄。就算是教料書，也有叫人迷醉的章節，讀到「浴乎沂，風乎舞雩，吟而歸」時，發現至聖先師孔子原來也很有人情味，而陶淵明「狗吠深巷中，雞鳴桑樹顛」的人間味兒，也叫人覺得無比的親切與美好。

大體上，那個階段的孩子，通常都不是從道理上，而是從感情上，接受這個「家」或那個「主義」的，一部小說一首詩一支歌之所以存在，只可能是為了給自己內在吶吶不能表述的的渴盼與憧憬做佐證做註腳。正是這一寸悸動的柔心，使我們離生活遠離書本近，也使我們倍感寂寞，而這寂寞的深處，正潛藏著生命的根。

上學的那個小鎮不大，有三家以「局」為名的書店，和幾個橫陳在騎樓裡的舊書攤。有一個舊書攤就在學校門口的大馬路旁，大馬路上交通繁忙，一年到頭塵飛土揚，舊書攤間或有些剛從書店撤下的滯銷的新書，也很快就蒙塵了，不舊也難。書堆裡從中小學教科書參考書，到女子防身術，到面相到風水到中外流行歌曲全集，到秦漢、秦祥林、林青霞、林鳳嬌、胡茵夢、谷名倫，到影劇艷聞秘錄，光怪陸離，無奇不有。但偶而也會翻出一本高寒譯述《查拉圖斯屈拉如是說》，封面及扉頁的尼采像，額高鬚濃，雙眼炯炯如刀鋒上的折光。或也竟找到卡波提的《冷血》，史坦貝克的《令人不滿的冬天》等我喜愛的外國作家的小說。不管在哪裡，真想讀書的話，總是會有書可讀的，而光就這一點，生活也就夠叫人期待的了。

很快就碰到一夥文學同好，開始到夥伴的書架上找精神食糧，也在彼此身上找依靠，以此對付我們那失卻根柢從而倍感徬徨的青春生命。記憶中陋巷裡友伴家的小閣樓，已成腦中永恆的圖景，一出神就可以看到移動的瓦檐的影子，聽見鴿唱聲從灰濛濛的院子上空劃過，還有淅淅瀝瀝的雨聲，那是南臺灣我所熟悉的暮秋的雨，敲在瓦檐上，也敲在青春歲月的彼端。

我們讀小說，也用讀小說的角度讀彼此，在片言隻語和鎖鎖碎碎的舉動中揣測對方的心。這種友誼慢慢就變成一種習慣，很難把它理清，更難將它斬斷。我們甚至是愛對方的，這愛也沒有什麼根據，似乎它自身就是根據。

我們的天地極小，享有的自由也極為有限，但是從書本裡頭感受到的某種非凡而令人著魔的悅智悅神的意境，便足以織補和美化我們貧困、瑣碎、乏味的生活了。

讀書之外，就是走路，邊走邊看綠樹、青草、野花、落日和氤著炊煙的地平線。有回學校裡一位國文老師問我放學後為什麼要走那麼長的路回家，我回答：「兩點之間最長的距離是步行。」他對那句話皺了皺眉頭，我也不知道他懂了我的意思沒有。關於走路，我始終贊同湖濱詩人梭羅對這件事的看法，他說走路比搭車快，因為搭車你得先掙夠了車費才能成行，而且再說，如果你不僅把到達的地方，也把路途本身當成目的呢？

後來我的夥伴們也加入走路的行列，常常在放學後走七、八公里路陪我回家，再搭客運車回鎮上他們自己的家。我們這一群鄉下青年彷彿遠遠跟不上時代的步子，那實在是因為我們聽到的是另一種鼓點，遵循的是另一種節拍。就因為那樣的不識時務與不合時宜，我們才比別人更多地逃脫了概括，逃脫了歸類。

米蘭・昆德拉在《生活在他方》英譯文的序言中寫道，抒情時代就是青春，說抒情的生活態度是每個人的潛質，是人性的基本範疇之一，〈他們〉這個中篇，寫的就是我的同齡人的抒情時代，那個時代為時短暫，而且一去不返，但是只要它曾經存在過，它留在心中的那團恆常的暖意，便足以潤澤餘生了。

「小說即回憶」，寫這麼一部充滿懷舊色調的小說，是閃爍飄忽的記憶的一次打撈，把過去當作一個可以自由穿行的空間，為滑逝的許多物事抹上一層溫潤的詩意的色彩，在零散的風景中重窺往昔青春的嚮往與夢幻，在刻意的留白中讓讀者填上自己的想像與期待，寫來自己感覺很是「起止自在」。很感謝朱西甯先生對這狀似「沒有剪裁」的故事的肯定，他那一句「書的鄉愁」，是如此貼近我的創作原意，可以當做這部小說的「扼要」了。

三民叢刊書目

㉖作家與作品　謝冰瑩著
㉗冰瑩書信　謝冰瑩著
㉘冰瑩遊記　謝冰瑩著
㉙冰瑩憶往　謝冰瑩著
㉚冰瑩懷舊　謝冰瑩著
㉛與世界文壇對話　鄭樹森著
㉜捉狂下的興嘆　南方朔著
㉝猶記風吹水上鱗
・錢穆與現代中國學術　余英時著
㉞形象與言語
・西方現代藝術評論文集　李明明著
㉟紅學論集　潘重規著
㊱憂鬱與狂熱　孫瑋芒著
㊲黃昏過客　沙　究著
㊳帶詩蹺課去　徐望雲著
㊴走出銅像國　龔鵬程著
㊵伴我半世紀的那把琴　鄧昌國著
㊶深層思考與思考深層
・轉型期國際政治的觀察　劉必榮著
㊷瞬　間　周志文著
㊸兩岸迷宮遊戲　楊　渡著
㊹德國問題與歐洲秩序　彭滂沱著
㊺文學關懷　李瑞騰著
㊻未能忘情　劉紹銘著
㊼發展路上艱難多　孫　震著
㊽胡適叢論　周質平著
㊾水與水神
・中國的民俗與人文　王孝廉著
㊿由英雄的人到人的泯滅
・法國當代文學論集　金恆杰著
51重商主義的窘境　賴建誠著
52中國文化與現代變遷　余英時著
53橡溪雜拾　思　果著
54統一後的德國　郭恆鈺主編
55愛廬談文學　黃永武著
56南十字星座　呂大明著
57重疊的足跡　韓　秀著
58書鄉長短調　黃碧端著
59愛情・仇恨・政治
・漢姆雷特專論及其他　朱立民著

60 蝴蝶球傳奇　顏匯增著
・真實與虛構
61 文化啓示錄　南方朔著
62 日本這個國家　章　陸著
63 在沉寂與鼎沸之間　黃碧端著
64 民主與兩岸動向　余英時著
65 靈魂的按摩　劉紹銘著
66 迎向眾聲　向　陽著
・八〇年代臺灣文化情境觀察
67 蛻變中的臺灣經濟　于宗先著
68 從現代到當代　鄭樹森著
69 嚴肅的遊戲　楊錦郁著
・當代文藝訪談錄
70 甜鹹酸梅　向　明著
71 楓　香　黃國彬著
72 日本深層　齊　濤著
73 美麗的負荷　封德屏著
74 現代文明的隱者　周陽山著
75 煙火與噴泉　白　靈著
76 七十浮跡　項退結著
・生活體驗與思考
77 永恆的彩虹　小　民著
78 情繫一環　梁錫華著
79 遠山一抹　思　果著
80 尋找希望的星空　呂大明著
81 領養一株雲杉　黃文範著
82 浮世情懷　劉安諾著
83 天涯長青　趙淑俠著
84 文學札記　黃國彬著
85 訪草（第一卷）　陳冠學著
86 藍色的斷想　陳冠學著
・孤獨者隨想錄
A・B・C全卷
87 追不回的永恆　彭　歌著
88 紫水晶戒指　小　民著
89 心路的嬉逐　劉延湘著
90 情書外一章　韓　秀著
91 情到深處　簡　宛著
92 父女對話　陳冠學著

93 陳冲前傳　嚴歌苓著
94 面壁笑人類　祖慰著
95 不老的詩心　夏鐵肩著
96 雲霧之國　合山究著
97 北京城不是一天造成的　喜樂著
98 兩城憶往　楊孔鑫著
99 詩情與俠骨　莊因著
100 文化脈動　張錯著
101 桑樹下　繆天華著
102 牛頓來訪　石家興著
103 深情回眸　鮑曉暉著
104 新詩補給站　渡也著
105 鳳凰遊　李元洛著
106 文學人語　高大鵬著
107 養狗政治學　鄭赤琰著
108 烟塵　姜穆著
109 河宴　鍾怡雯著
110 滬上春秋　章念馳著
111 愛廬談心事　黃永武著
112 吹不散的人影　高大鵬著
113 草鞋權貴　嚴歌苓著
114 是我們改變了世界　張放著
115 夢裡有隻小小船　夏小舟著
116 狂歡與破碎　林幸謙著
117 哲學思考漫步　劉述先著
118 說涼　水晶著
119 紅樓鐘聲　王熙元著
120 寒冬聽天方夜譚　保真著
121 儒林新誌　周質平著
122 流水無歸程　白樺著
123 偷窺天國　劉紹銘著
124 倒淌河　嚴歌苓著
125 尋覓畫家步履　陳其茂著
126 古典與現實之間　杜正勝著
127 釣魚臺畔過客　彭歌著
128 古典到現代　張健著
129 帶鞍的鹿　虹影著
130 人文之旅　葉海煙著

⑮ 沙漠裡的狼

白樺 著

像在冷冽的冬夜裡啜飲著濃烈的茶，感受一種在蒼茫大地上，心海澎湃的震顫。那麼地古老、深沈，剎時間，恍若置身廣闊的大漠，一回首，就是長城。這是金鼎獎作家又一直指人性，內容深刻的作品，請您在一個適合沈思的夜晚，漫步中國。

⑯ 風信子女郎

虹影 著

一本能深刻引起讀者共鳴的小說，其必然與人世現實生活有著緊密的關連。本書作者秉持著對人的命運的關切，遠勝於對以往藝術形式的關注，賦予了文學創作的生命。從本書作者對人物刻劃描述的過程中，可窺知作者對此一理念的堅守。

⑮ 塵沙掠影

馬遜 著

生命的旅途中，有許多可掌握的機運，但似乎一半早已註定……。馬遜教授從故鄉到異國求學，最後來臺定居，繼而與佛結了不解之緣。滿懷豐富的情感，細膩的筆觸，深刻的寫下了旅赴歐美等地之點滴情事，而念舊懷恩之情愫亦時時浮現於文中。

⑭ 飄泊的雲

莊因 著

歲月的洗禮，在人們內心深處烙印著痛苦、悲哀、快樂與美好的回憶。由於時代的變動、戰爭的摧折，作者歷盡滄桑的輾轉遷徙，使那些漂流不定、幻化多變的過往，煥發出人生的智慧。就讓我們乘著飄泊的雲，領會「知足常樂，隨遇而安」的生活哲理。

⑮ 和泉式部日記

林文月 譯・圖

本書為日本平安時代文學作品中與《源氏物語》、《枕草子》鼎足而立的不朽之作。書中以簡淨的日記形式，記錄了一段不為俗世所容的戀情。優美的文字，纏綿的情詩，展現出愛情生活中細膩的起伏感受與歡愁，穿越時空，緊扣你我心弦。

⑯ 愛的美麗與哀愁

夏小舟 著

愛情之於女人，常常是引誘飛蛾撲火的明燈，是絢麗的毒花，可女人偏偏渴望愛情。作者列舉許多男女的愛情、婚姻故事，郎才女貌未必幸福，摯情摯愛未必有緣，只是男人與女人之間如同萬物的規則，一物降一物，鹵水點豆腐，魔高一尺，道高一丈。

⑰ 黑月

樊小玉 著

丁小玎隨著所在的中國公司到國外做勞務承包。因為是公司的英語翻譯，加上辦事勤快，見了人又總是一個柔柔和和的笑，於是很快就引起當地大部分男人的注意；而小玎能否在心儀的外交人員與愛慕自己的餐廳老闆間找到最後情感的歸宿？……

⑱ 流香溪

季仲 著

作者透過一群「沿江吉普賽人」在流香溪畔發生的動人故事，牽引出現代觀念與傳統文化的價值矛盾、中日文化的碰撞衝突、人與自然的挑戰，以及善與惡的拉扯等；全書行文時而如行雲流水，時而又如波濤洶湧，讀來意趣盎然，發人深省。

⑮ 史記評賞

賴漢屏 著

司馬遷《史記》一三〇篇，既是「究天人之際，通古今之變」的史學鉅著，也是我國古代傳記文學的精華。本書作者自幼即喜讀《史記》，從師學習，如今蘊藉已深，以其深厚的治學基礎，發為見解獨具的文采丰華，帶領讀者一探《史記》博雅的世界。

⑯ 文學靈魂的閱讀

張堂錡 著

文學的力量使孤寂的心靈得到慰藉，貧乏的人生變得富有，唯有肯駐足品味的人才能透晰其所傳達出最深藏的祕密。本書共分三輯，窺視文學蘊含的殷情深意；感受其求新求變以及對大環境的價值。各自激發不盡的聯想與深沈的感動。

⑯ 抒情時代

鄭寶娟 著

在平淡無奇的生活中，你可曾留意生命中點點滴滴不平凡的小故事？作者以其平實的筆觸，刻劃出看似平凡卻令人難以遺忘的人生軌跡，你我都可能身在其中。書中情節所到之處，或許平凡、或許悲傷，但卻也不時充滿著生命的躍動，值得細細體會。

⑯ 九十九朵曇花

何修仁 著

人生有多少夢境會在現實中重複出現？是山間的樵歌？白雲間的群雁？還是昔日遠方純樸、悠閒的鄉間漫步？作者來自屏東，以濃郁深摯的筆調，縷縷細述人生中最動人的記憶，伴隨你我，步履於南臺灣的舊日情懷，一同感受人間最純摯的情感。

⑯③ 說故事的人

彭歌 著

這是作者多年來觀察文壇、社會與新聞界的肺腑之言。輯一故事與小說自不同角度探討小說寫作；輯二人與文刻劃出許多已逝人物卓然不凡的風範；輯三海外生涯則寫遊記、觀賞職籃等旅居海外之觀感。讀了此書，彷彿親身經歷了一趟時空之旅。

⑯④ 日本原形

齊濤 著

從明治維新以來，日本的一舉一動都對世界有著深遠的影響，尤其對臺灣來說，其影響更是巨大。作者長期旅日，摒除坊間「媚日」或「仇日」的論調，以客觀的描述，剖析日本的現形。對想要了解日本時勢與脈動的人來說，是不得不看的一本好書。

⑯⑤ 從張愛玲到林懷民

高全之 著

作者以嚴謹誠虔的態度，客觀分析的筆調，來評論臺灣當代小說，深深讓讀者了解近代文學的特點，進而深入九位作者的作品中，提供一些深刻的創見，帶領你我欣賞文學的美與實，進而體驗文學對生命喜悅、悲哀等生動的描述。

⑯⑥ 莎士比亞識字不多？

陳冠學 著

莎士比亞識字不多！一直以來被誤認是個偉大的作者。讀過本書，應能還莎士比亞一個清白，他絕對不是一個掠美者。這把聖火在臺灣重新點燃，希望將來這聖火能夠由臺灣再度傳回英國，傳到世界各地，也好讓莎士比亞的靈魂得到真正的安息。

⑯⑦ 情思・情絲

龔華 著

「妳，像野薑花；清香，混合在黎明裏，催我甦醒。沒有妳，我睜不開眼睛，走進陽光的世界。她，是我在黃昏裏，永遠踩不到的影子。像夜來香，惑我走進黑夜的濃郁……」本書集結了龔華在〈中副〉發表的散文，篇篇情意真摯，意境深遠，值得細細品味。

⑯⑧ 說吧，房間

林白 著

一個是離婚、失業的中年婦女，一個是愛熱鬧的單身貴族。兩個背景、個性迥然不同的女子，為何會發展出一段患難與共的交情？且看兩個女子的心情告白。本書在作者犀利細膩的筆調下，深刻描繪出都會女子的愛恨情仇、悲歡離合，值得細細品味。

⑯⑨ 自由鳥

鄭義 著

六四事件的悲憤情緒才剛平復，對八九民運功過的批判聲音竟已隨之響起。對此，大陸流亡作家鄭義，以一幕幕民運歷程與鐵幕紀實，中訴著他的心痛與不平。文中流露對同胞的關懷和自由的嚮往，深深地牽引著每一個中國人心中的沈痛與感動。

⑰⓪ 魚川讀詩

梅新 著

詩是抒情的天堂，但並非每個人都能領會其中的意涵。本書是梅新先生的遺作，首創以雜文式的筆調評論詩作，不依恃理論，反而使篇章更形活潑，有就事論事的評述，也有尖銳的諷喻，語帶機鋒，趣味盎然。引領您一窺知性與感性的詩情世界。

⑰ 好詩共欣賞

葉嘉瑩 著

本書作者葉嘉瑩教授，融會西方接受美學、符號學及中國詩論，來解讀陶淵明、杜甫、李商隱的作品，分析了三人作品的形象、情意和其中所含的隱微深意，並從興發感動讀者的角度來詮釋作品的成功與否，是喜愛古典詩的讀者不可錯過的好書。

⑰ 永不磨滅的愛

楊秋生 著

現代人的生活壓力大，使得人生危機四伏，生活充滿徬徨、疲倦和無力感。如何化解此一危機?作者以多年學佛的體驗，以及和家人朋友互動的點點滴滴，而了解到愛的真義，並希望能將愛分享給每個人，以重燃信心和希望。

⑰ 晴空星月

馬遜 著

大崙山上，晴空萬里，夜色如銀，星月交輝。作者因佛緣，追隨曉雲法師的步履，出掌華梵大學，以發揚佛教教育為己任。本書除叮嚀青年學子的話語外，還有對社會大眾闡發佛法精神的演講。其智慧的話語，如醍醐灌頂，為淨化心靈的一帖良方。

⑰ 風　景

韓秀 著

韓秀，一個出生於紐約，卻長年往返於世界各地的奇女子。在雅典、在開羅、在布達佩斯、在臺北、在高雄、在北京，作者皆能以其敏銳的心觀察她所造訪過的每一寸土地，以其向具纖細的筆觸，使一幅又一幅的動人「風景」躍然出現在您的面前！

⑰⑤ 談歷史　話教學

張　元　著

作者以二位高一新生對歷史課程的困惑為引子，藉著師生座談對話的方式，從北京人時代到西晉，針對高中歷史教材，試圖以「史料閱讀」的方法鮮明地建構各代的歷史圖像，在活潑的對白間既談歷史意涵又話歷史教學，相當適合高中教學的參考。

⑰⑥ 兩極紀實

位夢華　著

任何人想要親臨兩極之地恐怕都不是件容易的事。作者因從事研究工作之便，足跡跨越兩極，將在極地所見所聞之動物奇觀、自然景致乃至當地所受文明衝擊，或以幽默輕鬆，或以深沈關懷的筆調娓娓道來，是無緣親至極地的讀者絕不可錯過的佳作。

國家圖書館出版品預行編目資料

抒情時代／鄭寶娟著. --初版. --臺北市：三民，民86

面；　公分. --(三民叢刊；161)

ISBN 957-14-2708-X (平裝)

857.63　　86013109

國際網路位址　http://sanmin.com.tw

© 抒　情　時　代

著作人　鄭寶娟
發行人　劉振强
著作財產權人　三民書局股份有限公司
臺北市復興北路三八六號
發行所　三民書局股份有限公司
地　址／臺北市復興北路三八六號
電　話／五〇〇六六〇〇
郵　撥／〇〇〇九九九八——五號
印刷所　三民書局股份有限公司
門市部　復北店／臺北市復興北路三八六號
重南店／臺北市重慶南路一段六十一號
初　版　中華民國八十六年十一月

編　號　S 85398

基本定價　貳元捌角

行政院新聞局登記證局版臺業字第〇二〇〇號

ISBN 957-14-2708-X (平裝)